目次

前章　洲崎の洪水　9

第一章　五千八百両　29

第二章　道三橋北袂　77

第三章　百両の依頼　133

第四章　目尻の黒子　177

第五章　月々の返済　229

那珂湊

高浜

秋津河岸

霞ヶ浦

北浦

鹿島灘

利根川

小浮村

高岡藩

高岡藩陣屋

飯貝根

—酒々井宿

銚子

東金

外川

↑白沢・柳林・阿久津河岸へ
久保田河岸
渡良瀬川
▲筑波山
古河
下妻藩
鯉川
小貝川
関宿
鬼怒川
椚木村
牛久
粕壁
野田
取手
柏
流山
三郷
木颪
川口
松戸
白井
江戸川
鎌ヶ谷
萩原村
隅田川
江戸城
行徳
印旛沼
日本橋行徳
新川
小名木川
↓市原郡へ

おもな登場人物

井上正紀……下総高岡藩井上家当主。
竹腰睦群……美濃今尾藩藩主。正紀の実兄。
山野辺蔵之助……北町奉行所高積見廻り与力で正紀の親友。
植村仁助……正紀の近習。今尾藩から高岡藩に移籍。
京……高岡藩先代藩主井上正国の娘。正紀の妻。
佐名木源三郎……高岡藩江戸家老。
佐名木源之助……佐名木の嫡男。正紀の近習。
井尻又十郎……高岡藩勘定頭。
青山太平……高岡藩廻漕河岸場奉行。
杉尾善兵衛……高岡藩廻漕河岸場奉行助役。
橋本利之助……高岡藩廻漕差配役。
松平定信……陸奥白河藩藩主。老中首座。
松平信明……三河吉田藩藩主。老中。老中首座定信の懐刀。
徳川宗睦……尾張徳川家当主。正紀の伯父。

おれは一万石
普請の闇

前章 洲崎の洪水

一

北からの風が、枝にあった枯れ葉を中空に舞わせた。朝のうちに掃いた門前には、すでに落ち葉が散っている。寛政三年（一七九一）十一月も三日になって、朝夕は寒いと感じるようになった。

早朝には、道や庭に今年初めての霜が降りた。日が出てきて霜が融けると、道がぬかるんで歩きにくくなった。

佐名木源之助は植村仁助と共に、下谷広小路の下総高岡藩一万石井上家の上屋敷を出て、日本橋界隈に足を向けた。商家を巡って、物の値の動きを検めるのが目当てだった。京橋界隈にも足を延ばす。

「藩の金子の巡りも、だいぶよくなりました。下り物の塩や薄口醤油、銚子の〆粕などを藩が直に仕入れたのは、大きかったですね」

「まことに。それらの品々を、高岡河岸からさらに下野や常陸、下総の各地へ輸送して売れますからね」

源之助の言葉に、植村が続けた。

一万石の高岡藩の財政は、天明の飢饉を経て窮迫した。それを乗り越えるためには、年貢に頼っているだけでは埒が明かないと藩主の正紀は判断した。

領地は地形からして新田を増やすことは難しかった。ただ領地の高岡が利根川に面していたので、そこに河岸場を拵えて、利根川水運の中継地として活性化するように努めてきた。

正紀の指図のもとにである。

物品を藩が直に仕入れることで、馬鹿にならない実入りを得ることができた。また高岡河岸を活性化させることで、運上金や冥加金を得られるようになった。

「しかしまだまでござる」

「いかにも。ただそのためには、物の値動きや売れ具合を注視していかなくてはなりませぬ」

源之助と植村は、商家の前に立って、並べられた物品の売れ具合と値を検めた。数字をそのための綴りに書き留めてゆく。

「米を中心に物の値が徐々に上がっているようですね」

「今年の作柄は当家では平年並みでしたが、土地によっては幾たびか野分が襲いました。大きな被害を受けた田や畑は、少なくなかったと聞きます。米の値が上がれば、諸色もそれにつれて動くことになります」

植村が、ため息を吐いた。

正紀が藩主になって、廻漕河岸場方という部署ができた。これは高岡河岸のさらなる活性化を図るために、直取引にふさわしい物品を探ることと、河岸場を利用する店をさらに増やすことが本務となっていた。年貢以外の実入りを得るための、要になる部署だった。

奉行は青山太平で、奉行助役に杉尾善兵衛がいた。杉尾の下には橋本利之助がいて、廻漕差配役を務めた。この三人は、江戸と国許を行き来していた。関宿や取手などにも足を延ばした。

町廻りは杉尾らの役目の一つだが、留守の折には正紀の近習役である源之助と植村が町へ出た。

高岡河岸は利根川水運の中継地として、その利便性が評価され、利用が増えてきた。塩や醬油などの直取引と高岡河岸の活性化などで、窮迫していた藩財政は回復してきた。

それで藩士の禄米の借り上げを、終わらせることができた。

「河岸場を活気づけるお役に立てたのは、嬉しいですね」

「いかにも」

歩きながら、源之助と植村は話を続ける。二人は同役で、植村の方が七つ歳上だ。それでも植村が丁寧な物言いをするのは、源之助が江戸家老佐名木源三郎の嫡男だからである。植村は、正紀が美濃今尾藩三万石竹腰家から井上家に婿に入ったとき、家臣として従ってきた。

どちらも正紀の近くで働いてきた者だった。

「しかしこれでよし、というわけにはいきませぬ」

「もちろんでござる。藩がおこなう物品の売買と河岸場の利用をさらに盛んにしなくてはなりませぬ」

源之助の言葉に、植村は大きな頷きを返した。

日本橋界隈は、行き過ぎる人や荷車でいつも賑やかだ。京橋方面に延びるまっすぐな道は幅広で、名の知られた大店(おおだな)や老舗(しにせ)の重厚な建物が並んでいる。屋台や物売りの姿も少なからずあった。

しかし目につくのは、それだけではない。月代(さかやき)やひげは伸び放題、薄汚れた身なりでたむろする無宿者とおぼしい者たちの姿があった。

「近頃増えてきましたね」

「不作ゆえ、在所にいては食えぬのでしょう」

源之助の言葉に植村が返した。

物欲しそうな目を、通行人に向けている。絡まれるのを恐れてか、年寄りや娘たちは離れた場所を選んで歩いていた。

「そういえば、今年八月には野分があって、かなりの被害を受けた藩があったと聞きました」

上州(じょうしゅう)や野州(やしゅう)、常州(じょうしゅう)の一部の地域だ。川が氾濫(はんらん)し、水の被害を受けた村もある。

「江戸でも、深川洲崎(ふかがわすさき)一帯が洪水になり、広い範囲で石垣が崩れたはずです」

幸い高岡藩は被害に遭うことなく、無事に刈り入れを済ますことができた。

「あの者たちは、村にいては食えぬゆえに出てきたのでしょう」

「しかし江戸へ出てきたところで、どうにもなりません」

「江戸で食うのは、難しいでしょうな」

源之助には同情する気持ちがないわけではなかったが、それでどうにかなる問題ではなかった。

日本橋川に沿って東へ歩いて、江戸橋付近にまでやって来た。そこにも無宿者ふうが三、四人ずつたむろしていた。合わせれば二十人くらいはいると思われた。

その中には、通行人に絡もうとする者もいた。

「飯を食わしてくれねえか。腹が減っちまってよう」

気の弱そうな者が通ると、声をかけた。付きまとうこともある。

無宿者とはいってもいろいろだ。絡む気力もなく、行き場なくしゃがみ込んでいるといった様子の者もいた。荒んだ気配を漂わせた者もいるが、それは食い詰めているからだと察せられた。

長く不遇の暮らしを続けていれば、擦れ枯らしの小悪党にもなるだろう。

そこへ地廻りの子分四人が現れた。手に棍棒のようなものを持っている。縄張りを荒らされていると考えたのかもしれない。

「屑ども、どきやがれ。通行の邪魔だ」

追い払おうとした。

「何だと」

初めの二、三人はどこうとしたが、そういう者たちばかりではなかった。あたりにいた無宿者たちが集まってくる。

「おれたちが、何をした」

無宿者たちは、人数が多いことを笠に着て強気な態度を見せた。

「うるせえ。四の五のぬかさず消えやがれ」

「ふん。消えるのは、てめえらだ」

「何だと」

どちらも、気が短かった。地廻りの一人が、棍棒で打ちかかった。

「やりやがったな」

無宿者たちがいきり立った。追い立てられても、行き場のない者たちだ。どこかへ行けば、そこで追い払われる。

ついに乱闘になった。素手でも、無宿者たちは怯んでいない。

このとき脇を通りかかったのが、六十歳をだいぶ過ぎた婆さんだった。男たちには、その姿は見えないようだ。

勢いづいた男たちの体が婆さんに当たれば、華奢な体はひとたまりもない。

気づいた源之助は、駆け寄ろうとした。だがちょうどそのとき、無宿者が殴られて、体が老婆がいる方向へ突き飛ばされた。

「危ない」

怯えた婆さんは動けない。

距離のある源之助では救えないところだったが、一人の無宿者ふうが現れて婆さんを抱え込んだ。一瞬のことだ。

婆さんの体を抱いた状態で、男は地べたを転がった。小柄だが俊敏な動きで、見事に婆さんを庇っていた。

身なりは無宿者ふうだが、暴れている者たちの仲間ではなさそうだった。

「怪我はないか」

駆け寄った源之助が、老婆を立たせた。巨漢の植村が盾になって、騒ぎの場から婆さんを離れさせた。

そこへ十手を持った町奉行所の者が現れた。

「鎮まれ。ただでは済まぬぞ」

叫んでいる。北町奉行所の高積見廻り与力の山野辺蔵之助だった。高積方でも目の前で乱闘があれば、止めに入る。

山野辺とその手先は、無宿者の首謀者ら数人を捕らえ、他の者たちは逃げた。

そのとき、老婆を助けた無宿者も捕らえられそうになった。そこで源之助と植村が間に入った。

「この者は、老婆を助けようとしただけでございます」

源之助が証言をした。下手をすると、人足寄場へやられる。

山野辺は、神道無念流の戸賀崎道場で正紀と剣技を磨いた仲で、今でも親しい付き合いをしていた。源之助も植村も、山野辺とは交流があった。

「そうか」

男は、すぐに放免された。

「近頃は無宿者が増えて、悶着が多くなっている。厄介なことだ」

山野辺は言った。食えなくなった者は、凶暴になる。強請やたかり、かっぱらいをし、喧嘩騒ぎを起こした。

「町奉行所では、取り締まりを厳しくしているところだ」

その後で、正紀の嫡子となる清三郎の様子などを少し話して別れた。山野辺は忙しそうだ。

「ありがとうございました」

ここで先ほどの老婆を助けた無宿者から礼を言われた。

「いや、その方こそよく気がついた。下手をしたら、あの老婆は大怪我をしていたかもしれぬ」

源之助は答えた。

「その方は、名は何と」

「上州から出てきた、広助という者でございます」

歳は十九で、源之助と同じだった。

「住まうところはあるのか」

なければ、二、三日くらいならば、頼んで藩邸に置いてやってもいいと考えた。身なりは粗末だが、悪い者ではなさそうだ。

「へえ。何とか」

日雇いで、石運びの人足をして食っていると話した。崩れた石垣修理の下働きだそうな。

「江戸に来たからとて、暮らしは楽にはなるまい」

と訊いてみた。

「へえ。でも生まれ在所にいても、食えませんから」

江戸の方が、まだましだという言い方だった。

「それに」

と何かを言おうとしたので、それを聞いてやることにした。

「あっしには、先に村を出た兄や姉がいますんで」

「江戸にいるのか」

「たぶん」

「それを捜そうというわけか」

「へえ」

両親はすでに亡く、生まれ在所に縁者はいないのだとか。

「ならばそのために励むがよい」

江戸で人を捜すのはたいへんだろうが、広助にはそれしか道がないらしかった。

「それじゃあ」

頭を下げると、立ち去っていった。

二

　同じ日の暮れ六つ（午後六時）間際、井上正紀は兄の今尾藩主竹腰睦群から呼び出しを受けた。何の前触れもなく、今すぐに今尾藩上屋敷へ来いという話だ。

　二人の亡き父竹腰勝起は、尾張徳川家八代宗勝の八男である。尾張家の当主は、今は伯父の宗睦が継いでいた。

　竹腰家は、代々尾張徳川家の付家老という役目に就いている。兄の睦群は、毎日のように、市ヶ谷の尾張徳川家の上屋敷に出向いていた。

　御三家筆頭の尾張徳川家には、様々な情報が入ってくる。幕閣の動きや諸国の出来事、各大名や旗本家の趨勢といったものである。睦群はその情報を、付家老としてどこよりも早く耳にすることができた。

　睦群は、正紀や高岡藩にとって知っておくべき情報については、間を置かず伝えてきていた。だから正紀は、常に世の最新の動きを知ることができていた。これは迅速な対応ができる点で、大いに助かった。

　とはいえ暮れ六つ間際になって、本人がすぐに屋敷に来いというのは、めったにないことだった。よほどの内容だと察せられた。

高岡藩井上家は、本来は遠江浜松藩六万石井上家の分家だった。しかし今は亡き高岡藩先代藩主の正国は徳川宗勝の十男で、高岡藩は二代にわたって、尾張徳川家の血を引く者が藩主となった。

諸家からは、高岡藩は井上一門というよりも、尾張一門と見られることの方が多かった。

火急の呼び出しである。正紀は源之助と植村を供に、馬を駆って、赤坂の今尾藩上屋敷へ急いだ。

一昨日、月次御礼で登城して顔を合わせたが、そのときには何の話もなかった。今日になって、何かあったのだと察せられた。

待たされることもなく、正紀は睦群と向き合った。現れたとき兄は厳しい表情で、正紀は驚いた。どしんと、音を立てて座った。

いつもならば清三郎の様子を訊かれるが、それもない。

「八月に、いくつかの野分があった。覚えているな」

「はあ」

暴風雨は江戸だけでなく、北九州や東海、北奥羽なども襲った。ただ藪から棒に言われて、戸惑った。

「その折に、洲崎一帯の石垣が崩れた。海に流された石も少なくない」

「存じております。洲崎弁財天の鳥居が傾き、本殿も屋根瓦の一部が崩れたとか」

正紀も話では聞いていた。

洲崎は深川の東の外れで、木置場の南側に位置する。江戸の海に接するあたりだ。

この海岸に面した岬の先端には、洲崎弁財天があった。元禄の頃に、五代将軍綱吉公が生母桂昌院の守本尊の弁財天を祀るために建立したものである。江戸には多数の崇敬者があり、潮干狩りや月見の名所としても知られた。

「そこで公儀は、かの地の修繕をおこなうこととした」

桂昌院のゆかりの社地である以上、公儀としてはそのままにはできない場所といえる。

「それは何より」

正紀は話を合わせたつもりだったが、なぜそんなことで呼び出されたかの見当はつかない。

睦群は厳しい表情のまま正紀を見つめた。その眼差しに憐れむ気配すら感じられて、正紀は首を捻った。

「その修繕だが、御手伝普請といたすようだ」

「ほう」

御手伝普請とは、公儀が諸大名に資材や人足を負担させておこなわせる大規模な土木普請のことをさす。命じられた大名家では、莫大な出費を強いられることになる。否やはない。

「その費えは、八千両ほどはかかるようだ」

「たいへんな高額でございますね」

正紀には、実感が湧かない。他人事としてしか聞いていなかった。

「その普請の御用を命じるにあたって、公儀はいくつかの大名家を考えているようだ」

「命じられる大名家にしたら、難儀なことで」

城の石垣修復と比べれば、負担金はまだ少ない。とはいえ八千両というのは、正紀には関わることのない金高といえる。

「洲崎の普請は、大大名が命じられるのではない」

「なるほど。しかし洲崎でも、小大名ならば厳しいでしょう」

そう口にしてから、少し気になった。

大名家でも、御手伝普請が免除される御家がある。尾張徳川家などの御三家と老中を務める御家、加賀前田家、それに溜の間に詰める御家、すなわち会津藩松平家と彦根藩井伊家、それに高松藩松平家という定席の三家と、親藩や譜代の名家である。どれも格式の高い大大名だ。

これ以外の大名家では、御手伝普請を命じられたならば断ることはできなかった。軍役と考えるからだ。

「ならばどちらで」

「高岡藩の名が挙がっている」

「ええっ」

驚きはあったが、それよりも不思議な気がした。まるで実感がなかった。

「そのような金子、当家では逆さに振っても出ませぬ」

清三郎が生まれた折に、浜松藩や下妻藩、尾張藩や今尾藩などから少なくない祝いの金品を得た。しかしその半分以上は返礼などで使い、残りは溜まっていた借金の返済に充てた。大いに助かったが、もともとあった藩の借財は、一割ほどしか返せなかった。

利払いの負担は、いまだに大きい。

「まあ、そうであろう」

睦群も、高岡藩の財政状況はよく分かっている。ふうと息を吐いた。

「当家を、潰そうという腹でしょうか」

御手伝普請を断ったり、できないとなったりしたら、その大名家は改易となる。だからこその言葉だ。

火急のこととして、睦群はわざわざ呼び出したのである。実感はないが、睦群の口ぶりからして冗談でないのは分かった。

「ご老中松平定信様の、策略でしょうか」

正紀は頭に浮かんだことを口にした。尾張藩主宗睦と老中首座松平定信との間には、確執がある。

天明七年（一七八七）、松平定信は尾張の宗睦らの推挙により、老中筆頭の地位に就いた。しかし質素倹約を中心に据えた施策では、天明の飢饉後の不況を乗り切ることは難しかった。囲米や棄捐の令などの施策は、失敗に終わったと宗睦は見ていた。

今では宗睦は、定信とそれを支持する老中たちと敵対する関係になっている。正紀は一門として、尖兵のような立場に立っていた。尾張が大樹であるからとか、宗睦が伯父であるとかいった理由からではない。方針として共感できたからだ。

しかしそれは、定信ら一派からは疎まれる結果になった。

「高岡藩を潰すようなことは、宗睦様が許さぬ」

睦群は、きっぱりとした口調で言った。しかし命じられれば、できないと答えるしかなかった。

もちろん正紀の胸には睦群の言葉通り、宗睦、すなわち尾張一門が背後にいるという支えがある。しかしだからこそ定信の一派が、高岡藩を潰しにかかろうとする腹の内が理解できた。

「もちろん老中どもも、一万石の小大名一家で八千両もの金子を出せるわけがないと分かっている」

「当然です」

「それならば宗睦様も話を潰せるが、向こうもしたたかだ」

一呼吸置いて、睦群は続ける。

「一万石の三、四家に命じてやらせようと考えているらしい」

どきりとした。腹の奥が、熱くなった。

「その中の一つが、当家というわけですね」

「そうだ」

四家割(よんけわり)になったとしても、一家あたり二千両だ。睦群の話では、公儀は実費の半分は出すのだとか。それでも高岡藩にとっては、出せる金高ではなかった。

「それにしても、当家とは」

「高岡藩は、その方の尽力で、財政にゆとりができた。というのが、やつらの申し分だ」

「まさか、ゆとりなどと」

とんでもない話だ。言いがかりだとしか思えない。

「やつらは命じると決めたら、どうとでも言いつくろうだろう」

「………」

そうかもしれないと思った。じわじわと、重苦しさが胸に湧いてきた。すぐには次の言葉が出てこない。

五年前、井上家に婿に入った。当初は惨憺(さんたん)たる財政状況だった。今日まで、精いっぱいやってきた。それが実を結び、藩財政がようやく好転しかけてきたところで、とんでもない難題が降りかかってきたことになる。

「まだ決まったわけではない」

候補として名が挙がっている、という話らしかった。ただ何もしなければ、決まるという危機感を睦群は持っていた。宗睦も、同じ見通しだという。

「まずは、避けるようにいたさねばならぬ」

睦群は言った。

「もちろんで」

「そのためには、宗睦様も幕閣らに働きかけると仰(おお)せだ」

大奥御年寄(おとしより)の滝川(たきがわ)も、動くと言ってくれているとか。滝川とは宗睦の仲介で知り合ったが、今では昵懇(じっこん)の間柄になった。

「ありがたい」

「しかしな、どうなるかは分からぬ。あらゆる局面を考えねばならぬ。できる手を、打たねばならぬ」

そう告げられると、返す言葉がなかった。公儀の決定は絶対だ。とはいえまだ決まったわけではない。どう潰すか、それを考えなくてはならなかった。

第一章　五千八百両

一

正紀が今尾藩上屋敷を出る頃には、道はすっかり夜の帳に覆われていた。空に三日月が浮いている。薄い雲がかかっているのか、淡い光だった。

冷たい風が、人気のない道を吹き抜けていった。

睦群から聞いた話は衝撃だった。御手伝普請が高岡藩を襲うなど考えもしなかったことである。

源之助と植村にも事情を伝えたが、二人ともすぐには返事ができなかった。あまりに高額すぎて、実感が湧かなかったのかもしれない。

「八月にあった深川洲崎の洪水が、湾岸の石垣を崩したことは存じておりました」

しばらく間を置いて、ようやく源之助が返した。

「ですがまさか、そのことが当家に関わってくるとは」

植村は困惑を隠せない。夜風の冷たさがことさら身に染みるのか、胴震いをした。

急いで下谷広小路の高岡藩上屋敷へ戻った。屋敷に戻った正紀は、江戸家老の佐名木源三郎、勘定頭井尻又十郎、それに青山を御座所に呼んだ。もちろん源之助と植村も同席している。

佐名木は正紀が井上家に婿入りをしたときから、背後で支えてくれた人物だ。井尻は小心者の堅物だが、それだけに緻密に勘定方としての役目をこなし、藩財政を守るために尽力してきた。

青山を含めた三人は、何事があったのかと、帰りを待っていた様子だった。

正紀は、睦群から聞いた話を一同に伝えた。藩のすべての者には、まだ伝えない。いずれ伝えなくてはならないが、いきなりでは動揺が大きいだろうという判断だ。

話を聞き終えて、すぐに返答ができる者はいなかった。それぞれ顔を見合わせ、言葉を呑んだ。重苦しい雰囲気になって、外の風の音だけが聞こえた。

最初に口を開いたのは井尻だった。

「そのような金子が、いったいどこにありましょうや」

怒りや怯えを通り越して、気の抜けたような声になっていた。一同が、頷きを返した。

「大殿様の久方ぶりのお国入りに際してかかった七十両の費えでさえ、捻り出すのに難渋いたしました」

青山が言った。先代正国の久々のお国入りのときの話だ。

金が作れず、大奥御年寄滝川を密かに行列に紛れ込ませて江戸から出すことで、足りない分を補った。正紀が滝川と打ち合わせをして段取りを組んだが、青山はその道中の差配をした。

「その何倍も、かかるわけですからな」

他人事のような言い方をする井尻は、初めから匙を投げていた。これまで高岡藩では、十両二十両の金子を作るのでさえ、四苦八苦してきた。最低でも千両という数字は、誰が考えても思案の枠を超えていた。

「ただ洲崎の修復は、公儀のお声がかりで、どこかの藩が御手伝普請という形で費えを出さねばなりますまい」

「それはその通りではございますが」

佐名木の言葉に、青山が返した。正式に命じられれば、普請の費えとして必要な金子を納めないわけにはいかない。公儀に対して、修復の普請をやめろとも言えなかった。

そのままにすれば、次に高潮や高波があったときには、周辺の家屋は壊滅（かいめつ）する。分かってはいるが、それがなぜ高岡藩なのかとの不満が大きい。

「当家の財政が、回復してきたからということがあるのでしょうか」

「回復したといっても、ゆとりができたわけではありませぬ。とても出せる金高ではないかと」

源之助の言葉に、青山が返した。

「やはり、尾張一門を潰そうとの腹ですね」

最終的に決めるのは老中たちだ。植村の言葉は、一同の胸にもあると察せられた。

「しかしもっと豊かな、大大名があると存じますが」

そちらへ回してほしいというのが、井尻の本音だ。源之助や植村、青山も頷いた。

「洲崎だけではない。今年は伊勢（いせ）や相模（さがみ）、津軽（つがる）でも高潮や洪水があり、大きな被害を受けている」

「大大名は、そちらの御手伝普請というわけですね」

正紀の言葉に、源之助がため息交（ま）じりに答えた。

「洲崎の普請については、一万石相当の御家が、三つもしくは四つでおこなうというお考えなわけですな」

「そういうことだ」

佐名木の言葉に、正紀が応じた。

「断れないのですね」

「当然だ。だから厄介なのだ」

植村の念押しの言葉に、正紀が返した。

「金子を出せなければ、当家は改易となります。ああ、金に祟られておりますな」

井尻が呻き声を上げた。

「国替えの危機を乗り越えてまだ間もないのに」

植村が続けた。植村は、祝言を挙げてまだ間もない身だ。

「宗睦様は、動いてくださるのでございましょう」

青山の問いかけだ。それが頼りといった顔で、他の者も正紀に目を向けた。

「うむ、そういうことだ。滝川様にもお声掛けをしていただく」

「ならば避けられるのでは」

井尻をはじめとする一同が、期待の目になった。

「いや。ご老中らは、腰を据えてかかっているらしい」

「楽観はできないのでございますな」

「そういうことだ。避けるために、我らにできることがあるならば、手を尽くしていたさねばならぬ」

正紀は言った。井尻は唇(くちびる)を噛(か)むようにして、小さく頷いた。

その後正紀は、京(きょう)の部屋へ行った。清三郎は、順調に過ごしている。

「ととさま」

正紀の顔を見た孝(こう)姫が、駆け寄ってきた。

「よしよし」

両手で抱き上げて、「高い高い」をしてやる。すると声を上げて笑う。表情が日々豊かになってゆく。

孝姫を遊ばせてやってから、睦群から聞いた話を京に伝えた。

「何か大事があったとは、お顔を見て感じていました」

「そうか」

京の顔を見ると、つい本心が面(おもて)に表れてしまう。家臣らは動揺していたが、正紀の気持ちも大きく波打っていた。

「宗睦さまや滝川さまに頼ってばかりもいられますまい」

「それはそうだ。おれも動かねばなるまい」

「藩士たちを、路頭に迷わせてはなりませぬ」

高岡藩には士族と足軽を合わせると、八十四戸があった。家族や郎党を合わせれば三百名以上になる。それらの暮らしが、正紀の肩にかかっている。嘆いてばかりはいられなかった。

二

翌日正紀は、佐名木を伴って虎御門内の遠江浜松藩六万石井上家の上屋敷にやって来た。分家の当主が、本家を訪ねた形だ。井上一門の分家はあと一つ、常陸下妻藩一万石があった。

事前に伝えてあるので、騎馬の二人が門前に立つと、すぐに門扉が開かれた。

対面したのは当主正甫と江戸家老浦川文太夫である。正甫は怜悧だとされているがまだ十四歳で、六万石の政を担える者とはなっていなかった。

藩の政は、おおむね後見役の浦川が先導をしていた。藩の実権を握っているといっていい。

浦川は松平定信や、同じく老中の松平信明と近い間柄にある。本来ならば井上一門の者として過ごさなくてはならない正紀が、尾張一門として動くことに不満を持っていた。

浜松藩の扶持米と下妻藩の銘茶に関する一件では、正紀の家臣からの信頼を貶めようとする動きをした。もともと尾張の血を引く者が井上一門の中に入ってくるのを、気に食わないとしていた人物だ。

「折り入って、ご相談したいことがございます」

正紀は正甫に顔を向けて頭を下げた。やって来た目的は、御手伝普請について話すためだ。浦川とは良好な間柄とはいえないが、ここは頭を下げなくてはならない。利用できるならばしようという腹だ。

本家は、建前として分家の窮状を救わなくてはならない。そこを押すつもりだった。

「実は、困ったことを耳にいたしました」

佐名木が、洲崎一帯の補修において、高岡藩がその御手伝普請の候補に挙がっていることを伝えた。

「ほう。ご公儀のお役に立てるとは、名誉なことでござるな」

浦川が、どこか皮肉な口調で返した。驚いた様子はなく、すでにこのことは耳にしているのではないかと正紀は考えた。

腹の中では、面白がっている気配だ。

伝えたのは、姻戚関係にある信明だと察せられた。信明の正室暉は浜松藩先々代藩主正経の娘で、正甫の義理の叔父という立場になる。松平定信と共に、幕政の中心となる人物の一人だった。

「まことに、ありがたい思し召しでございまする」

浦川の言葉を受けた後で、佐名木は正甫に目を向けた。

「ただ困っているのは、確かでござる」

と続けた。

「何をか」

正甫が返してきた。これは裏のない疑問だと感じられた。

「お納めする金子でござる。まったく足りませぬ」

佐名木はあっさりと口にした。

「まさか。高岡藩は、近頃ずいぶんゆとりができてきたのではないか」

高岡河岸の活用と、塩や醬油、〆粕の販売などについては、分家として本家には伝えていた。正甫も耳にしている。

「いやいや、それではとても」

佐名木は大げさに首を横に振った。

「しかし下妻藩と比べれば、はるかに楽なのでは」

下妻藩は銘茶緑苑(りょくえん)の販売を始めたが、端緒(たんしょ)についたばかりだ。

「一万石とはいっても、いろいろござりまする」

ここで正紀が口を挟んだ。

「下妻藩のことはさておき、同じ一万石でも当家よりも内証(ないしょう)が楽な御家はありまする。そちらの御家に命じていただけたらと考えておりまする」

「なるほど、そういう御家はありそうだな」

正甫が頷いた。

「しかし正紀様ならば、どのような難題でも乗り越えられると、お歴々は高く買っておられるのでは」

ここで浦川が引き取った。調子のいい物言いだった。何が「高く買っておられる」だと正紀は思ったが、そこを責めても仕方がない。

この度の御手伝普請については、すでに知っているとした上で話を進める。高岡藩や正紀を気に入らなくても、本家として力を貸さないわけにはいかない方向へ持ってゆくしかない。

浦川の思いなど、どうでもいい。そもそも向こうは、正紀を潰そうとしていた。

「そこででござる」

佐名木が居住まいを正して言った。

「何か」

「お力添えをいただきたく存じます」

顔は正甫に向けていた。

「御手伝普請から、当家を外していただけるように、ご本家から嘆願していただくのでございます」

「さよう、今はまだ決まってござらぬ。回避できるものと存じまする」

正紀は佐名木に続いて言った。

「しかしな、これはご公儀の思し召しでござろう」

浦川が告げた。これで進めようという腹だ。すかさず佐名木が返した。

「ご公儀を重んずるお心、まことに見事でござる」

感に堪えぬような口調で言った。そして続けた。

「まことにもっともな話でござるが、当家では千両などとても出せる金高ではありませぬ。その旨をお伝えいただきたいのでございまする」

「金子の用意ができぬ当家は、改易となりまする」

佐名木の言葉に正紀が続けた。

「しかしできぬ苦労をして金策をすることが、将軍家へのご奉公ではござらぬのか」

浦川は、簡単には頷かない。

「もちろんである。しかしない袖は振れぬ。御手伝普請を受けるとなれば、ご本家からの高額なご助勢がなくては立ちゆかぬ」

「さよう。いかほどご助勢をいただけるのでござりましょうや」

正紀と佐名木は、このやり取りをするつもりでやって来た。

「いや、それは」

浦川が、慌てた様子で答えた。たとえ一両でも、出す気などないだろう。

「出さぬとなれば、ご本家は分家の改易をそのまま見捨てたことになるのでは」

「…………」

「分家を守らぬ本家となりまする。それは、御家のためにならぬのでは」

本家の面目、というところへ話を持っていった。正紀と佐名木で、正甫と浦川を脅している。

「どうしろというので」

正紀の言葉の意味に気づいた浦川の額に、脂汗が浮いていた。

「姻戚の間柄である松平信明様に、お願いをするのだ」

「さよう。高岡藩としてではなく、井上一門として、嘆願をするという話でござる」

佐名木が正紀に続いた。他の老中には頼みにくいことでも、信明との親交は深いはずだった。

「ううむ」

正甫も浦川も、返事ができない。

「守れぬだけではない。御手伝普請ができぬような分家に、本家として何の指導もできなかったという話になるのでは」

正紀が言うと、正甫の表情が変わった。歳若とはいっても、愚かではないと見ている。問題点は理解できるだろう。

浦川にとっては面白くない話でも、これで押してゆく。正紀と佐名木は、改易を踏まえた上で話をしていた。

そうとうな覚悟を持って、やって来ていた。

「さようでございますな」

浦川は受け入れた。

「できるだけ早いうちに、信明様にお目にかかれるように、ご本家としてお計らいくだされたい」

頼んでほしいと告げたが、任せ切りにするつもりはない。段取りをつけてもらって、こちらが話をしに行く。

「あい分かった」

正甫の言葉を聞いて、正紀と佐名木は改めて頭を下げた。

三

翌々日の夕刻、正紀は西ノ丸下の三河吉田藩七万石松平家の上屋敷に出向いた。浦川が動いて、信明に会う手筈を調えたのである。

浦川にしては、早い動きだった。

信明は定信に近い老中ではあっても、今日は井上家の姻戚として面談を求めていた。

屋敷の門前には、面談を求めてやって来た武家や商人の姿があった。進物らしい品を抱えている者も少なくない。何かの陳情にやって来たのだと思われた。

風があるたびに、紅葉や枯れ葉が舞い落ちてくる。門前で番を待つのは寒そうだ。

正紀は屋敷の一室に通されたが、半刻（一時間）待たされた。他にも来客がいる。もっと待たされるかと覚悟はしていた。

それぞれ敵対する派閥にいるわけだから、面談を断られても仕方がないがそれはなかった。

これまでも信明とは、二人だけで話す機会はあった。話せば筋の通らぬことを口にする者ではなかったが、融通は利かない。感情に訴えても通らない相手だというのも分かっている。高岡藩の財政状況が御手伝普請を受けるに至っていない事情を、説明しようと考えていた。

多忙なので、話ができる時間は四半刻（三十分）までと浦川から告げられている。

「清三郎殿は、息災でござろうか」

いかにも怜悧そうな面貌で、にこりともせずに問いかけてきた。跡取りができたことは、本家の集まりで伝えて、祝いの品も貰っていた。

覚えていての社交辞令だ。

「お陰様にて」

かしこまった口調で正紀は返した。

笑みを浮かべることはないが、挨拶(あいさつ)をすれば応える。その折、何か声をかけられることも少なくない。宗睦にも劣らぬ情報通で、都合のよいことについて触れられたり尋ねられたりする。

思いがけないので、驚き喜ぶ小大名や旗本がいるのは確かだ。

けれどもそれは、信明が相手に対して思いを持っているからではない。その方が、相手が己に都合よく動くと分かっているからだ。

「ならば重畳(ちょうじょう)」

それで挨拶は済んだ。清三郎に関心はない。

訪ねた理由は浦川が伝えているはずだったが、ここでも正紀は伝えた。洲崎の御手伝普請については当然知っているはずだが、向こうからは口にしなかった。正紀の話を最後まで聞いた。

「藩財政は、御手伝普請をするに至らないというわけですな」

にこりともせずに信明は答えた。

「まさしく。早くご公儀のお役に立てるような態勢を、作らねばならぬと考えておりまする」

ただ嫌だと言っているのではないと伝えた。それでは信明には通じない。財政が整えば、やる覚悟があることを話したつもりだった。

「御手伝普請については、どこの藩でも負担は大きなものでござろう」

「………」

「されども、天下万民のために尽くすのは、上に立つ武家の務めでござる」

迷いのない口ぶりだ。

「いかにも」

と答えるしかなかった。

「政（まつりごと）は、そのためにある。できぬゆえに、なさぬでは済むまい」

命じられれば、何であれ務めなくてはならないと告げている。

「仰せの通りでござりまするが、二千両もの金子となれば別で、当家ではどうにもなりませぬ」

身動きが取れないと伝えたつもりだった。

「そのうちの半分は、公儀が出すのでござるぞ」

「それでも。家が潰れまする」

「どうかな」

首を傾げた。

「そなたには、助ける御仁がござるのでは」

どことははっきり言わないが、尾張徳川家のことを告げていた。

「いや。ご奉公は、他家を頼っては意味がありますまい。当家の力でなしてこそのものであるかと」

正論で返した。聞いた信明は、わずかに口元に嗤いを浮かべた。そしてやや考えるふうを見せてから、口を開いた。

「洲崎の護岸修復において、どこが御手伝普請をなすかについては、まだ決まってはござらぬ」

「これからということで」

「さよう。決めるにあたっては、今聞いたことをお歴々に伝えるといたそう」

「ありがたく」

当てにならないなと思いながら、正紀は頭を下げた。公儀の検討するは、やらないと同じだと誰かから告げられたことがある。

「どこか、洲崎の御手伝普請にふさわしい御家があろうか」

と問われた。頭に浮かんだ御家がないわけではないが、口にするのは憚られた。

高岡藩が外れてそこになれば、よかったと安堵する気持ちにはなれない。

「ではこれにて」

信明一人で決めることではないが、意見を言う力はある。ただ正甫の意を汲んだ井上一門として、縁続きの信明に存念を伝えたことは無意味だとは思わなかった。

とはいえ信明の反応を見て、気持ちが動いたとは感じられない。ただ情で押したのではないから、もっともだと受け取れば動くかもしれなかった。

短い間だったが、信明との面談は気疲れした。

四

その翌日、正紀は源之助と植村を伴って、木場から洲崎へ向かうことにした。

富岡八幡宮や永代寺の門前は、露店や老若の参拝客で賑わっている。大道芸人の口上の声も聞こえた。

繁華な町を東西に貫く深川馬場通りを東へ向かうと、広大な木置場へ出る。ここまで来ると人気はなくなって、積まれた材木の間から鋸を引く音が聞こえてくるばかりになった。

掘割には、丸太が浮かべられている。

八月の洪水で石垣が崩れ、修復できていない場所も少なからず見られた。

そして海べりの洲崎に出た。

「江戸の海が、一望できますね」

源之助が言った。深く息をすると潮のにおいがする。

空には白い海鳥が、群れて飛んでいた。鳴き声が聞こえる。彼方には帆を立てた千石船の姿が見えた。西に目を向けると冠雪した富士山が見えて、綿を千切ったような雲が浮いている。東に目をやると、房総の山々がくっきりとその姿を現していた。

弁財天は、鳥居が傾いたり、社の一部損壊があったりしたらしいが、今は修復されていた。

「氏子たちが、修繕の銭を出し合ったんですよ」

参拝に来ていた職人ふうに訊くと、そういう答えが返ってきた。

「神様の居場所がないと、おれたちも落ち着かねえ」

境内を出て海べりに足を踏み入れた。

「ああ、石垣は崩れたままですね」

「海に流された石も、だいぶあるようです」

土手の部分を見回しながら、源之助と植村が言った。まだ手がつけられていない状態だった。被害は境内を囲んで、かなりの範囲に及んでいる。

「早く直してもらいたいですね。このままでは、何かあったらひとたまりもありません」

正紀たちが境内に戻り話を聞くと、氏子だという商家の主人ふうが答えた。

「ずいぶん待ちましたが、ようやく普請が始まるようです。ほっといたしました」

と言ったのは、白衣(びゃくえ)に紫の袴(はかま)を穿(は)いた神職(しんしょく)だった。

近隣の者や弁財天の氏子は、一刻も早い修復を望んでいる。復興の期待の大きさが伝わってきた。

「弁財天を心の拠(よ)り所(どころ)にしている者が、少なからずいるのだな」

正紀は呟(つぶや)いた。護岸というだけでなく、氏子たちの心を落ち着かせる。普請の大切さが分かった。

三人は賽銭(さいせん)を入れ、両手を合わせた。他にも参拝に来ている者がいた。

「修復の普請が、高岡藩になりませぬように」

源之助が声を出して祈願をしたが、一同の本音ではあった。しかし横にいた植村が返した。

「そのようなことを願うと、かえってけしからぬと神が怒り、命じられてしまうのではござらぬか」

「ええっ」

弁財天を守ろうとしない者と見られてしまう。改めて賽銭を入れ、源之助は拝(おが)み直した。今度は声を出さない。

「何を祈願したのか」

「井上家の平穏でございます」

正紀と同じだった。

木置場も歩いてみることにした。御手伝(おてつだい)の大名家は金子を出すだけで実際の普請には関わらないが、ともあれ様子を見ておこうと考えたのである。

昨日は信明に当たったが、効果があったとは感じない。宗睦や睦群からは、何も言ってこないままだった。

崩れた石垣を修繕している一角があった。人足たちの掛け声が聞こえた。崩れていた石垣を組んでいる。

公儀のものではない、どこかの石屋の修繕だ。

石は重いし、ただ置けばいいというものではない。おまけに足場も斜めになっている。足を滑らせれば、石もろとも掘割に落ちる。

「ぼやぼやするな」

職人頭が叫んでいた。

「これは、なかなかにたいへんですね。ほんの一角ですが、それでもずいぶんと手間がかかるようです」

「少なくない人足が必要で、修復には金子がかかりそうです」

源之助と植村が、ため息交じりに言った。洲崎の普請にあたって、八千両という数字が妥当かどうかは分からないが、素人目には、それくらいはかかりそうだと察せられた。

しばらく作業の様子を見ていた。慣れない人足がいて、危なっかしい。

「気を抜くな。石を水に落としたら、それまでだぞ」

親方が叫んでいる。他の者が続けた。

「己も一緒に落ちるぞ」

「そうなったら、お陀仏だ」

見ている間にひと仕事が済んで、休憩になったらしい。

「おお、あれは」

源之助が声を上げた。腰を下ろした石運び人足たちの傍へ寄っていく。見覚えのある者がいるらしかった。正紀と植村もついて行く。

すると二人に気づいた小柄な人足が、立ち上がって寄ってきた。小柄でも体はがっしりしていて、なかなか機敏そうな若者だった。

「これはこれは、旦那方」

「その方、ここでも働いていたのか」

「へえ。仕事があれば、どこへでも行きますぜ」

男は答えた。源之助が、この男は数日前に江戸橋で無宿者と地廻りの騒動があったとき、巻き込まれそうになった老婆を助けた者だと伝えた。その話は、正紀もすでに聞いていた。

「その方らは、崩れた石垣の修繕をしているわけだな」

「へえ、さようで」

広助は、畏れ入った様子で正紀の問いかけに答えた。改めて紹介はしていないが、身分の高い者だとは分かるらしい。

「でもあっしは、日雇いですけど」

その日の朝、永代橋袂で声をかけられて、雇われたのだそうな。職人頭の指図に従って、石を運んだり積んだりの力仕事をする。

「雇い主は、何という者か」

「深川大島町の石屋玉洲屋さんです」

玉洲屋は、石の販売と施工を請け負う店だそうな。作業を指図している職人頭は、稲次郎という者だとか。四十年配の者だ。

正紀は、稲次郎に問いかけた。

「その方らは、洲崎の護岸の修復にも関わるのか」

「いえ、あっしらは関わりません」

「どこが関わるのか」

「御公儀御普請方から、御用を受けた石屋が関わります」

「なるほど。御用達ということだな」

「入札によって、御用を果たす者が決まります」

「では玉洲屋も、入札に手を挙げたのか」

「へい。ですが他の店に取られました」

悔しそうな顔になった。公儀の御用を受けたとなれば、店の格を上げることになるので、受けたかったのだがと付け足した。

修繕については、どこの大名が金子を出すかはともかくとして、話が進んでいるのだと知った。氏子たちも待っている。

「では受けたのはどこか」

「深川石島町の岩槻屋という石屋です」

主人は澤五郎で番頭は吉兵衛、ここも販売と施工をおこなうそうな。

江戸は川と掘割の町だ。土手は石垣で留められる。城の御堀だけではなかった。

「では石屋は、あちこちで求められるわけだな」

需要が多いとは、初めて知った。石屋は墓石や置物、灯籠を扱うだけではないということだ。

「洲崎の入札では、岩槻屋の方が安い値で落札したわけだな」

「まあ、そういうことですが」

稲次郎は、不満そうな顔をしながらも頷いた。落札できなかったことが無念な様子だった。

　正紀が稲次郎と話をしているとき、源之助は広助と話をしていた。

「日雇いとはいっても、玉洲屋の仕事が多いのではないか」

なかなかいい動きをしていた。使いやすい者と思われた。職人頭が、わざわざ指図をすることが何度かあった。

「石の仕事は体にきついですが、銭は貰えるんで声をかけられればやりやす」

日雇いの人足は日当が百文からよくて百五十文だという。

「玉洲屋さんは、二百文になりますんで」

「稼ぎになるわけだな」

　無宿者はなかなか仕事にありつけないが、広助は動きがいいので使ってもらえているらしかった。

「稼いだら、どうするのか」

　と訊いてみた。

「元手を拵（こしら）えて、浅蜊（あさり）の振り売りでもしようと思います」

　請け人を探して、長屋も借りたい。江戸では粗末な裏長屋であっても、請け人がなければ借りられなかった。

「その方には、兄と姉がいて、江戸へ出てきていると話していたな」

思い出した。天涯孤独の者ではない。

「振り売りをしながら、捜そうというわけだな」

「まあ、そういうことで」

広助は貧しい無宿者だが、体は丈夫で希望がある。三歳違いの兄は宇助といい、四年前に家族を捨てて江戸へ出た。姉おはるは、三年前女衒に連れていかれた。女衒に行き先を訊くと、「江戸だ」と言われたとか。

「この同じ空の下の、どこかにいるんですよ」

そう言って、初冬の空を見上げた。

五

正紀らが洲崎の崩れた石垣を検めていた頃、佐名木は数寄屋橋御門を入った。南町奉行所の塀に沿って日比谷御門へ向かう道を歩いてゆく。

大名小路と呼ばれる一画で、それまでの町家の喧騒が嘘のようにしんとしていた。たまに侍とすれ違うだけだ。

足を止めたのは、常陸笠間藩八万石牧野貞長の屋敷の前だ。本家浜松藩の長屋門よりも壮麗だ。近くに銀杏の巨木があって、黄色くなった葉が枝からはらはらと落ちてくる。

牧野貞長は昨年の寛政二年（一七九〇）二月に、老中職を致仕した。

先代将軍家治公や当代の家斉公に重用された。能吏として知られ、老中には定信よりも前から就任していた。在任中は、首座の定信でも意見を聞かなくては事を進められない人物とされていた。

佐名木は、笠間藩の側用人市毛仁左衛門を訪ねたのである。

市毛とは若い頃に、神道無念流の剣術を学び合った。今は立場も異なり会うこともめったになくなったが、旧友といってよかった。

藩主に近侍する重臣だから屋敷内に庭付きの一戸を構えていて、佐名木はその庭に面した部屋で市毛と向かい合った。

「もう何年ぶりでござろう。達者で何よりでござる」

佐名木から申し入れた対面だが、市毛は再会を喜んだ。牧野が老中在職中は多忙だったが、致仕してだいぶゆとりができたと言った。

とはいえ牧野貞長は藩主の座を降りたわけではなく、八万石の大藩を治めなくてはならない立場だった。

「今年は、作柄のよくない土地もござった」

市毛は渋い顔をした。野分にやられたのだ。年貢が減った。どこもそれなりにたいへんだ。

近況を伝え合ったところで、佐名木は洲崎一帯の石垣に関する御手伝普請を話題にした。

正紀は信明に訴えたが、佐名木は市毛との縁で牧野にとりなしてもらえないかと考えたのである。昨年まで老中職にあった者だから、定信ら幕閣にも発言権があるのではないかとの判断だ。

佐名木はさらに、高岡藩が置かれている状況を伝えた。

「厄介なことになっておりますな。逃れられるものならば、逃れたいところでござろう」

話を聞き終えた市毛は、同情する表情になって答えた。

「まことに厄介なことで」

「力になりたいところだが、しかしな」

困惑の表情を浮かべた。佐名木は、次の言葉を待った。

「我が殿が老中職であったときとは、幕閣の様子も変わってきた」

役から退くと、発言力は弱くなると告げていた。ただ力になろうとしている気配はあった。だからこそ、困惑をしている。

「八千両の普請を四家で割っても、一家で二千両。公儀が半分持つにしても千両では藩を潰すことになり申す」

佐名木は具体的なことを口にした。

「そうでござろう。八万石の所帯でも、厳しゅうござる」

市毛は頷いた。三家割ならば、もっと酷いことになる。

「我が殿が老中在職の折にも、御手伝普請を命じたことが幾たびかござった」

牧野貞長は、田沼意次の時代から老中職にあった。橋や道、水路の補修は少なからずあって、命じる側にいた。

「八月にあった災害ならば、もう三月になりますな」

「いかにも」

「ならばこの件の御手伝普請については、あらかた決まっていると見てよろしいかと存ずる」

「命ずる御家は決まっているということですな」

「さよう。三家ならばここ、四家ならばここと、そういう話になっておりましょう」

だからこそ、高岡藩がその中に入っていると漏れてきたのだと推量した。

「変える手立ては、ござろうか」

「幕閣が決めたとなれば、御三家でも無理ですな」

市毛は断言した。高岡藩には、背後に尾張がついていることを踏まえた上での返事だ。ただ話は続いた。

「一人だけ、取り消させることができるお方がいる」

「どなたでござろう」

希望が湧いた。その人物を知りたい。

「将軍、家斉公でござる」

それを聞いて、佐名木は肩を落とした。これでは話にならない。

家斉は大名家が御手伝普請をするのは、ご恩に対する当然の奉公と考えている。負け戦であっても、戦場に出ない家臣がいたらそれは無用（改易）と判断する。これは各家の家老職が集まると話題にしていた。

大奥の権力者である滝川が口添えをしても、こればかりは通らないと佐名木は考えていた。くどく口出しすれば、滝川の立場が悪くなりそうだ。事実、滝川からも何も言ってきてはいなかった。

「もしすでに決まっているのならば」

市毛は申し訳なさそうに言い、言葉を続けた。

「請け負う御家を増やす、それと同時に普請の規模を小さくするなどの申し入れをする方が、確かかもしれませぬ」

「ううむ」

命ぜられるのが確かならば、手立てはそれしかない。ただまだ分からないという気持ちもどこかにあった。

「ともあれ佐名木殿のお申し出は、我が殿にお伝えいたそう」

市毛はそう言ってくれた。とはいえ牧野は、定信らと良好な関係にあるわけではなかった。だからこそ、老中を退くことになったと聞いている。

それでも動こうという話だ。宗睦や滝川の動きと呼応する形になれば、それはありがたい。

礼を言って、佐名木は笠間藩上屋敷を辞去した。

六

正紀は、源之助と植村を伴って、普請を受注した深川石島町の岩槻屋へ行ってみることにした。丸太を浮かべた水路に沿って歩いてゆく。木の香が鼻を衝(つ)いてきた。

本所(ほんじょ)深川の東の外れには、南北を貫く大横川(おおよこがわ)がある。その東河岸で、十万坪(じゅうまんつぼ)という広大な荒れ地に接した深川の外れの町だ。

烏(からす)が、遠くで鳴き声を上げている。

ここまで来ると空き地が目立ち、建物も鄙(ひな)びた印象だった。吹き抜ける風に、土のにおいが混じっている。

河岸の道を歩いていると、大小の石が置かれている場所があった。石屋を捜すのに手間はかからなかった。

「あれですね」

植村が指さした。石屋は二軒並んであった。どちらも店というよりも、石に囲まれた一軒家だ。

職人らしい中年の男がいたので、正紀は声をかけた。

「岩槻屋はどちらか」

「あっちですよ」

看板が出ているわけではなかった。男はこちらの職人だそうな。岩槻屋の方には人の気配がないので、目の前の男に源之助が問いかけた。

「これらの石は、どこからどのようにして運ぶのか」

大きな石は、巨漢の植村さえ容易く隠してしまう高さと幅があった。

「いろいろですがね。これは房州から船で運びやした」

「値が張るのであろうな」

「まあ、そうですね」

ここでは飾り物の庭石ではなく、石垣などにする花崗岩を仕入れているのだとか。

「それは、硬い石なのだな」

「へえ、硬い石です。でもね、こいつは石切りがしやすくて、積み上げるには都合がいいんですよ」

石の膚を、ぺたぺた叩きながら言った。石に愛着を持っている様子だった。

「ほう」

石については、まったくの素人だから職人の話に興味が湧いた。正紀が問いかけた。

「切りやすいとは、どういうことか」

「へえ」

石工は、身なりのいい侍に尋ねられて気持ちがいいのかもしれない。嫌な顔はしなかった。

「石には木目と同じように、目がありやす。その目を見定めて、穴をあけるんでさあ」

これを矢穴というのだとか。この穴に鉄製の矢を通して、木槌や金槌で叩いていくと石の目に沿ってひびが入るのだという。

「大きな石でも、割ることができやす」

「石の目を見定められるようになるには、長い年月がかかろうな」

「そりゃあそうです」

石工は胸を張った。

「洲崎一帯の石垣が崩れた。存じておろう」

「へい。今日も、弁財天にお参りに行きやした」

職人は氏子ではなかったが、思いはあるらしかった。

「崩れた石垣を修繕するとなったら、いかほどかかるのか」

「どこからどこまでをやるのか、どのような石組みにするのかによって、かかる金高は変わると思いやすが」

「安く上げれば、強度が落ちるわけだな」

「そうなりやすね」

「八千両もかかるか」

　この石工に分かるかどうかは不明だが、一応訊いてみた。

「やるところを、どこまで広げるかによりますがね。そこまではかからねえんじゃないですかね」

　それから正紀らは、もう一度木場へ戻った。玉洲屋の職人頭に会って、入札に関わる顚末(てんまつ)や修繕にかかる金子について訊いてみることにした。先ほど話したときには、入札については不満そうな顔をしていた。

　単に落札できなかった不満があるだけならばそれでいいが、他に何かあるならば聞いておきたかった。しかし近づいていくと、石工や人足たちの様子がおかしかった。作業をしているのではなさそうだ。

「先ほどは組まれていた石垣の一部が、崩れています」

　植村が言った。事故があったらしい。叫ぶような声も聞こえた。

「危ねえですから、離れていてくだせえ」

近寄ろうとすると、人足に言われた。せっかく組み上げた石垣が土ごと崩れ落ちた模様だ。

「なぜこうなったのか」

源之助が人足に問いかけた。

「石を置く場所が、ずれていたらしい。あっという間だった」

と答えられた。

「怪我人はなかったのか」

問いかけを続けた。

「間抜けなやつがいた。重かったらしいが、手を滑らせた」

それで石が落ちて、石垣や固めた土手も崩れた。倒れた人足も動転していたらしい。

「一緒に運んでいた、他の日雇いの爪先にそれが落ちた。避けたので潰れはしなかったが、掠ったらしい」

骨を折ったのではないかという話だった。いくつもではないが、石が堀に落ちたのは、玉洲屋にとって損失になる。

「怪我をした人足とは誰か」

源之助がすかさず尋ねた。

「広助とかいうやつですよ。あいつがぼやぼやしていたから、いけねえんだ」

人足は言った。

「ふざけるな。他の者が手を滑らせて石が落ちたならば、避けられるわけがなかろう。しかも場所は土手の斜めになったところではないか」

源之助が強い口調で返した。人足は言葉を返せなかった。

広助は河岸道(かしみち)で、一人で蹲(うずくま)っていた。職人頭は、崩れた箇所の修復に気持ちが行っているらしく、こちらには目を向けなかった。

「大丈夫か」

広助は顔を歪(ゆが)めている。左の親指が、血にまみれていた。爪も剝(は)がれている。

「骨が、折れたかもしれねえ」

「では、医者に診(み)せねばなるまいな」

「お、おれたち無宿者の日雇いは、相手になんてされねえ。そんな銭もねえし」

広助は、顔を歪めながら答えた。左の親指が、尋常ではない腫れ方をしている。

「屋敷へ運ぼう。放っておけば、もう力仕事ができなくなるぞ」

「ははっ」

正紀の言葉に、源之助が応じた。

植村が背負って、高岡藩の上屋敷まで急いだ。職人頭に話を聞くのは、急ぎではなかった。屋敷には、藩医が常駐している。

七

屋敷へ運び込んだ広助を、正紀は空いている御長屋の一室に入れさせた。

「すぐに手当てをさせろ」

命じると、源之助が藩医の辻村順庵（つじむらじゅんあん）を呼んできた。すぐに手当てが始まった。

やはり左の親指が骨折をしていた。命に関わる怪我ではないが、しばらくは人足仕事ができなくなった。

「これだけしてもらえれば、なんとかなりやす」

無理をすれば歩くことはできる。手当てを終えたところで、広助は屋敷を出ていこうとしたそうな。

「人足仕事ができるようになるまで、置いてやるがよかろう」

正紀は源之助に告げた。使うのは空き部屋だし、手間はかからない。食事は中間（ちゅうげん）

たちと一緒にさせれば、藩としては大きな負担にはならない。

「ははっ」

源之助は、嬉しそうな顔をした。

この翌日、夕暮れ近くになってから、正紀は睦群から再び今尾藩上屋敷に呼び出しを受けた。

「いよいよですな」

佐名木が言った。昨日佐名木が、笠間藩邸に市毛を訪ねたことは聞いていた。牧野がその後に、どういう動きをしたかは分からない。

今尾藩邸に到着すると、早速膝（ひざ）を突き合わせて向かい合った。

「宗睦様は、老中のすべてと話し合いの場を持ってくだされた」

いくら老中でも、御三家筆頭の宗睦から面談を求められたら、断るわけにはいかない。今日まで、数度にわたって会った老中もいたとか。

「畏れ入りまする」

「しかしな、御手伝普請を避けることはできぬ」

きっぱりと睦群は告げてきた。言いにくい内容のときほど、はっきりと口にする。

中途半端な期待をさせない。

「さようで」

覚悟はしていたが、体から力が抜けた。

「牧野様も動いてくだされたようだが、定信らの腹は決まっていたようだ」

滝川は家斉公や定信ではなく、話ができる他の老中に働きかけたらしかったが、今回は応じられなかった。

「それで、どういう形になるのでしょうか」

正式な通達は後日になるはずだが、分かることはすべて聞いておきたい。

「洲崎の護岸修復についての御手伝普請に当たるのは、四家だ」

初めは三家だったらしい。それを宗睦と牧野が四家にしたとの話だ。増えた御家がどこかは言わない。

「ではその一家には、飛び火が及んだということでしょうか」

ありがたい話だが、それではその御家に申し訳なかった。

「案ずるには及ばぬ。その御家は、次の折には真っ先に命じられることになる。わずかに早まっただけだ」

睦群は気にしていなかった。

「どこの藩でございますか」

尋ねると、四つの藩の名が記された紙片を手渡された。

下総高岡藩井上家　藩主正紀
越後三日市藩柳沢家　藩主里之
下総生実藩森川家　藩主俊知
常陸麻生藩新庄家　藩主直規

「すべて一万石の御家だ」

「なるほど」

正紀は、藩家の名に目をやった。井上家と柳沢家、森川家は譜代で、新庄家は外様だった。

伝えられるそれぞれの藩主は、さぞかし驚くだろうと思われた。金子はどうするのかと、考えはすぐにそこへ行った。

「名が挙がっていた藩が、もう一つあったそうだ」

「そこは外れたわけですね。それはどちらでしょう」

聞いておきたかった。

「常陸牛久(うしく)藩一万石山口(やまぐち)家だ」

「そこは藩主弘致(ひろむね)殿が幼少で、御目見(おめみえ)を済ましていないと聞き及びます」

その程度のことは知っていた。それが外された理由だというのか。

「表向きはそうだが、裏がある」

睦群は不満そうな顔をしてから続けた。

「江戸留守居役に姥崎藤兵衛(うばがさきとうべえ)という者があり、これが老中鳥居忠意(とりいただおき)の壬生(みぶ)藩の江戸家老と遠縁だった。十月に鳥居は眼疾(がんしつ)で倒れたが、そのときには姥崎が、名医を連れて駆けつけたそうな」

「井上本家も信明殿とは縁続きでしたが」

「日頃の近さが異なる。そもそもその方は、尾張の一門だ」

「山口家は、定信派ですね」

「そういうことだ」

派閥抗争で、山口家は定信派に回ったということだ。分かりやすい話だった。

「公平とはいえないが、政(まつりごと)とはそういうものだ」

「はあ」

何であれ、家斉が裁可を下した以上は逆らえない。睦群は腹立たしげな様子だが、愚痴めいたことは口にしなかった。

「また上納する金子だが、合わせて八千両ではなく五千八百両となった」

「修繕の範囲を狭めたわけですね」

「そうだ。他藩に、広く負担をさせるべきだと宗睦様と牧野様は幕閣に迫られた」

「なるほど」

宗睦と牧野は、精いっぱいのことをしてくれたらしい。ただ金高を抑えたのではなく、範囲を狭めることで負担を少なくした。安直な普請をするのではないという話でもあった。

せっかくやるならば、堅牢なものでなくてはならないだろう。

入札で普請を請け負った岩槻屋に修繕をする範囲を狭めるよう伝え、急ぎ出させた金額が五千八百両だとのことだった。

「しかしそれでも、四家で割っても千四百五十両となりますね」

ため息が出た。複数の大名が経費負担をする場合には高割となるが、四家とも一万石なので均等に四分の一となった。半分は公儀が出すとすれば七百二十五両だ。

「どういたす」

「何であれ、出せる額ではございませぬ」

これは前にも話した。

「今出せる額は」

「かき集めて、二百両ほどかと」

井尻には、何度も計算をさせていた。清三郎誕生の折に、宗睦や睦群、井上本家などから祝いの金子を受け取った。しかしその半分ほどは、返礼として使った。また借金をしていた商人に対して、一部元金の返済をおこなった。

その残りを含めて、倹約できるところは倹約をし、集められるところからはすべて集めた上での数字だ。もちろん藩士からの禄米の借り上げも再開せざるを得ない。

こうなれば、藩士たちも否やはないだろう。無念だが仕方がない。

近いうちに、正紀の初のお国入りが許されるはずだった。その費えにするつもりの金子も含まれている。

「残りは五百二十五両だな」

とてつもない数字だ。

「宗睦様は、二百両を出してくださる」

「さようで」

やはり頼りになる。ありがたいと思ったが、それでも焼け石に水だ。

「今尾藩では、二十五両を出そう」

いつもながら睦群は吝い。

「かたじけなく」

それでも、出してもらえるだけ幸いだ。

「後は三百両か」

「はい。商人が、当家に貸す金高ではありませぬ」

少なくない額の返済を続けている商家が、何軒もあった。そこへも頼みに行くしかないが、どれほど集まるかは知れたものではない。

「浜松藩にも出させるがよかろう。あそこは井上の本家ではないか」

そう告げられてなるほどとは思ったが、浜松藩がどこまで頼りになるかは分からなかった。

御家の存亡に繋がる難題が、目の前に現れた。これは定信らとの、紛れもない戦だと正紀は悟った。

別室で待機していた源之助と植村に、正紀は話の内容を伝えた。

「ああ」

二人は絶望の声を上げた。

第二章　道三橋北袂

一

正紀が屋敷に戻ると、すぐに佐名木と井尻が御座所へやって来た。青山も一緒だった。

「やはり」

佐名木は見る限り大きな失望の様子は見えなかった。ただ昨日から、深刻な様子は変わらない。ある程度の覚悟は、すでにしていたのだろう。

「あと三百両ですな」

気持ちを面に出すことの少ない佐名木だが、動揺があるのは明らかだ。

「ああ、これで御家は潰れまする」

絶望の声を上げたのは井尻だった。尾張藩や今尾藩の助勢だけではどうにもならないことは、誰よりも分かっている。

「その方が嘆いていてどうする。まだ万策を尽くしたわけではないぞ」

正紀は叱りつけた。

「それにしても、当家の他に御手伝普請を命じられた三家は、どのような御家なのでしょうか」

青山が尋ねてきた。同様に窮地に陥ることになる三家のことも、気になるらしかった。

正紀は月次御礼の折に城中で顔を合わせるが、詳しいことは知らない。佐名木の方が、江戸家老同士の交流があると思われた。親しくはなくとも、情報は入るはずだった。分かっているだけでも話すように正紀は告げた。

「越後三日市藩柳沢家は、郡山藩十五万一千石柳沢家の分家でござる。柳沢吉保様のご子孫ということで、それが誇りのようですな」

「定信様に反する立場ですか」

「いや、定信派でも尾張派でもない立場だと言われている。幕閣たちは、なびいてこないのが気に入らぬのではないか」

「下総生実藩森川家は、いかがですか」

「あそこは先代俊孝様の正室が、小浜藩十万三千石の酒井忠用様の娘で、小浜藩とは近い間柄だと聞いている。領地は漁業や塩業もあり、豊かとはいえぬが、困ってもおらぬようだ」

「定信様に近いのですか」

源之助が訊いた。

「いや。そうではないはずだが、詳しいことは分からぬ」

「もしご老中に近い間柄ならば、命じられるというのは腑に落ちませぬ」

植村が言った。

「常陸麻生藩新庄家は、確か外様でございますね」

青山は、そこまでは知っていた。

「うむ。表高は一万石だが、実高は一万五千石近くあって、まずまずの藩財政だという評判だが」

外様でもあり、御手伝普請の対象としては都合がよい藩だと思われた。

「何であれ、一万石の所帯で七百両を超す負担は、どこもたいへんでござろう。当家だけではないと存ずる」

佐名木が続けた。井尻が改めて手許金を調べたそうだが、国許の金子を合わせても、やはり二百両が限界だったとか。

「何度やっても、同じでござる」

井尻は算盤を握りしめた。

それから正紀は、京の部屋へ行った。いつもよりも、遅い刻限になった。

すでに孝姫も清三郎も寝ていた。その寝顔を見てから、御手伝普請に関する内容を伝えた。

「やはり、来たのですね」

「うむ。手立てが浮かばぬ」

弱気だと井尻を叱りつけたが、正紀にも佐名木にも、難局を乗り切る妙案があるわけではなかった。京にはつい、弱音を吐いてしまった。

「御家が、潰れるかどうかの瀬戸際でございますね」

「そうだ。井尻は、だいぶあきらめている」

「あきらめるのは、最後でございます」

京は気丈だ。怯んだ気配は見せなかった。

「潰れたら困るところを、当たってみたらいかがでしょう」

「どういうことか」

すぐには意味が分からなかった。

「御家が改易になれば、貸金が取り戻せなくなりまする。取り戻せなくなるところは、困るのでは」

「それはそうだな。すでに借りているところでも、もう一度当たってみよう」

まだ、あきらめるところへは行っていないと悟った。


翌日正紀は、佐名木を伴って浜松藩上屋敷へやって来た。分家の高岡藩と下妻藩の当主と江戸家老は、月に一度本家へ顔を出し、藩政について報告をし合う。一門が力を合わせるというのが目当てだが、勝手な真似をするなと牽制をされる場面もあった。

まず下妻藩主の正広が、仕入れた銘茶緑苑が順調に売れているという報告をした。値の張る茶だが、金はあるところにはある。

下妻藩は新田開発に力を入れていたが、鬼怒川の氾濫などもあってなかなかうまくいっていなかった。そこで遠州から銘茶緑苑を直に仕入れて売ろうとしたのである。

正紀の影響で、正広は資金を工面して仕入れをおこなった。一時荷を奪われるなどの騒動があったが、正紀の助勢もあって取り返すことができた。

正広は、正紀には感謝をしていた。

「順調な売れ行きならば何より」

正甫が頷いた。

次に正紀は、御手伝普請が正式に決まる運びだということを伝えた。七百両を超す金高についても話した。

「何と」

正広は、驚きの声を上げた。

正甫と浦川はすでに知っている気配だったが、正広は初耳だろう。

「とてつもない額でござる」

腹を立てているようにも受け取れる口ぶりだった。同じ一万石で、藩の財政では苦労している。明確な額は知らされていないが、それなりの借金を抱えていることは予想がついた。高岡藩と同じだ。

苦しい状況は同じだから、そのとんでもなさが、肌身に感じられるらしかった。

正甫と浦川は冷ややかな眼差しを向けてきている。浜松藩と下妻藩では、高岡藩に対する接し方に大きな違いがあった。

「出せるのでござろうか」

恐る恐るといった様子で、正広が尋ねてきた。

「尾張藩と今尾藩からは、ご助勢をいただくことになりました」

いつもならば尾張を口に出すことはしないが、今回はあえて出した。本家として、手助けをしてほしいと考えたからだ。

正甫は何も言えない。浦川に目を向けた。

「信明様には、当家からもお願いをいたし申した。正紀様は、お屋敷を訪ねられたと存じまするが」

浦川は、己らはすでに力を貸したと言いたいらしい。

「いかにも、参った。しかしこのようなことになった」

その程度で大きな顔をするなと告げていた。

「とはいえ、信明様は動いてくださりました」

三家割のところを四家割にしたこと、当初の額を減じたことを口にした。

「そもそもこれまでの御手伝普請の例から考えれば、極めて少ない額となっておりまする。それはご承知でございましょう」

「もちろんだ」

高岡藩にとっては厳しい額だが、そもそも御手伝普請の負担金は一万両を超えることも珍しくはない。ただこの程度の額で済んだのは、宗睦や滝川、牧野貞長らが動いてくれたからだと、正紀には分かっている。

信明は、宗睦らの要求の一部を飲んだだけだ。浦川は、都合のいいことを口にしていた。

「そこでご一門に、お願いの儀がござる」

正紀は姿勢を改めて口にした。

「……………」

居合わせた者たちは、すぐには返事をしなかった。何の願いかは、分かっているからだ。

「当家では、足りない金子を用意することができませぬ。出せねば、御家は廃絶となりまする」

佐名木が続けた。これは分かり切っている。正紀は分家の当主として助勢を求めていた。

となれば一門として、知らぬふりはできないはずだった。廃絶という言葉も使っている。

「当家では、二十両を出させていただきまする」

黙ってやり取りを聞いていた正広だが、絞り出すような声で言った。高額とはいえないが、下妻藩にとっては、それでも精いっぱいのものと察せられた。

逆の立場だったら、その額は厳しい。

「かたじけないことでござる」

正紀と佐名木は、正広に頭を下げた。そして正甫と浦川に目をやった。浦川は渋い顔をしている。

やや間があって、ようやく口を開いた。

「当家も苦しいが、八十両でいかがでございましょう」

浦川は、正甫に問いかけた。

「そうだな」

正甫はまだ、財政のことは把握していないのだろう。浦川が言えば、それを通すものと思われた。

もっと出してほしいという気持ちはあったが、これでも譲歩しての額だろうと考えた。正広が声を上げなければ、もっと少ない額だったかもしれない。

正広の動きの早さに感謝した。

「ありがたきことでござる」

正紀と佐名木は頭を下げた。これで五百二十五両の用意ができた。後は二百両だ。それが厳しい。

二

浜松藩上屋敷を出た正紀は佐名木とは別れ、源之助や植村を伴って霊岸島富島町の塩問屋桜井屋へ行った。

本店は下総行徳にあり、ここは江戸店だった。もともとは行徳塩を扱っていたが、西国から仕入れた下り塩を、行徳を経由して江戸川や利根川流域の地廻り問屋に売るようにもなった。高岡藩が直に仕入れた下り塩も、一部販売をおこなっていた。高岡河岸には桜井屋の持ち物である納屋があって、藩では運上金と冥加金を受け取っている。

店には本店の主人長左衛門がいた。江戸と下総行徳の間を行き来している。正紀と親しい隠居の長兵衛は行徳にいる。長左衛門も情では動かない。どれほどの利を得られるか、算盤を弾きながら考えるやり手の商人だった。

「これはこれは正紀様」

丁寧な対応をした。正紀はまず、長兵衛の行徳での暮らしぶりを訊く。

「達者に過ごしております」

「何よりのことだ」

それから本題に入った。

「当家では、近く御手伝普請を受けることになる」

洲崎一帯の護岸修繕であることを伝えた。

「洪水で、石垣が崩れたことは耳にしております。それは周辺の者が助かりましょう」

早い修繕が望まれているのは明らかだ。ただその言葉で、正紀が訪ねた理由の見当がついたらしい。わずかだが表情に硬さが表れた。

「うむ、意義のあることだ」

振る舞われていた茶を一口啜（すす）った後で、正紀は続けた。

「御手伝普請を仰せつけられることは名誉だが、当家の懐具合（ふところぐあい）は厳しい。桜井屋で、百両ほど借りられればありがたいと思ってやって来た」

百両というのはなかなかの高額で、桜井屋でも当然無理だと踏んでいた。そこでやり取りをする中で、百両から徐々に減らしてゆく算段をしていた。五十両程度借りられれば、ありがたいと考えていた。

「困りましたな。ご入用なのは分かりますが」

やや首を傾げてから長左衛門は答えた。桜井屋にしたら、嬉しい話ではないだろう。

「うむ、長い付き合いだ。力を貸してほしい」

無茶な頼みだとは分かっている。ただ頼める商人は、限られていた。ここは押すしかなかった。

「返済は、どのようになされるのでございましょうか」

貸し手としては当然の問いかけだ。親しいかどうかは、別の話である。

「高岡河岸の運上金と冥加金を、それに充てたい」

これは桜井屋を訪ねるにあたって考えてきたことだった。藩財政には痛手だが仕方がない。

「百両ともなれば、手前どもにとっても大金でございます」

「それはそうであろう」

「利息もいただかなくてはなりません」

「うむ」

「完済までに、何年かかりましょうや」

長期間、無駄に大金を遊ばせることになるという話だ。桜井屋は、金貸しではない。貸す気はないと、顔に書いてあった。

百両あれば、商人として他に利用の道があるのだろう。

「ならば五十両でどうか」

これならば貸しやすいはずだ。

「足りない金子は、どうなさいますので」

「他から借りるしかあるまい」

「そちらはどのようにして返済をなさるわけで」

高岡河岸には、藩所有の納屋もある。しかしそれらを手放しては、藩の財政は持たない。長左衛門は、それを見越した上で話していると察した。

付き合いが深いだけに、藩の懐具合もよく分かっていた。商人として、貸せる話ではないと踏んだ上でだ。

「御手伝普請をしたところで、ご公儀から褒美が出るわけではないと存じます」

出して終わりの話だ。普請は必要だが、公儀の支配を強めるという目的も、その中に潜んでいる。参勤交代と同じだった。

出さなければ、御家が終わる。

正紀が借用を求めているのは、長左衛門にしたらそういう金子である。無理強いはできない。桜井屋には、これまでも世話になっていた。

桜井屋を出ると、源之助と植村が黙ってついてきた。借りたいのはやまやまだが、こちらの求めが無理筋だというのも感じているらしかった。

ただ金子は作らなくてはならない。永代橋を東へ渡った。

「藩所有の納屋をすべて手放してしまうのも、やむなしではないでしょうか」

植村が、躊躇いがちに言った。金子を借りるのではなく、売ってしまうという話だった。

高岡藩復興の鍵になる河岸場と納屋だが、御家が改易になっては意味がないという考えだ。植村は断腸の思いで口にしたのだろう。源之助が、無念の顔で聞いている。

「そうだな」

佐名木や井尻に訊いても、反対はできないだろう。次に行ったのは深川伊勢崎町の船問屋濱口屋である。

濱口屋は江戸から関宿を中心に、利根川流域の河岸場に荷を運ぶ船問屋だった。遠距離を行き来する大型船を何艘も動かしていた。松平定信が出した廻米の触の折に、米の輸送で正紀が主人の幸右衛門に力を貸した。それ以来の付き合いで、昵懇といっていい間柄になった。

幸右衛門は正紀の話を、親身な眼差しを向けて聞いた。

「それはたいへんなことになりましたな」

まず同情する言葉が出た。御手伝普請の何たるかは、分かっているらしかった。

「まことに。御家存亡の危機だ」

正紀は正直に答えた。見栄を張る気持ちは微塵もない。金子五十両を借りたい旨を伝えた。

さすがに百両とは言えなかった。

「ご用立てをしたい気持ちはありますが、その返済は長引くものとなりましょう」

「まあ、そうだ」

長左衛門と同じような返答だが、微妙に違うのは貸したい気持ちがあるということだった。となれば、都合のよいことばかりは口にできない。

返済については、高岡河岸からの利を担保とすることを伝えた。

「なるほど。ですがうちには、今それだけの金子の用意がありません」

と告げられた。五十両でも大金なのは間違いない。商いの綴りを捲って、幸右衛門は言った。

「一月後ならば、二十両ご用意できますが」

二十両でもありがたいが、一月後では間に合わない。それ以上の金子も用意できるが、年末になると告げられた。体から力が抜けた。一番頼りになるのは濱口屋だと考えていたが、どうにもならないと分かった。

もう一軒、高岡河岸を利用している船問屋へ行った。そこの主人は、藩が持つ納屋を引き取ってもいいという話を前にしたことがあった。〆粕を運んでいる。

「これはこれは、お殿様直々に」

ここの主人も、丁寧な挨拶をした。上がり框に腰を下ろした。時候についてのやり取りをした後で、正紀は桜井屋や濱口屋でした話をした。

「ほう」

主人は目を丸くして聞いた。高岡河岸の納屋を担保にすると伝えた。

「五十両、ご用立ていたしましょう」

ここではあっさり言われた。渋る様子はまったくない。

「まことか」

逆にこちらが驚いた。

「ただ藩の納屋のすべてをお譲りいただき、向こう三十年の運上金及び冥加金を免除していただきます」

「何と」

この返答には仰天した。明らかに足元を見ていた。これでは話にならない。

「無理だ」

正紀は腰を上げた。

三

広助は高岡藩の御長屋で手当てを受け、二夜を過ごした。武家屋敷内の一日は、御長屋で過ごす分には静かで穏やかだ。女房たちの喋り声も、酔っぱらいのがなり声も聞こえない。朝は、小鳥の囀りがあるばかりだ。

「具合はいかがですか」

植村の妻女喜世が世話をしてくれた。

「ありがてえことで」

完治はしないいし、歩くのに不便だが、その他は何も問題ない。じっとしている分には、それほど痛みを感じなくなった。

力仕事はできないが、座っての薪割(まきわ)りや掃除くらいはできた。

「あっしにも、何かさせてくだせえ」

中間たちに交じって、できる仕事をした。庭の掃除と薪割りに加わった。中間用の雪隠(せっちん)の掃除もした。母屋へは入れない。

昼過ぎになって、広助ができることはなくなった。不便ではあるが、杖(つえ)さえつけば歩けないこともない。

ならば兄の宇助や姉のおはるを捜したいと考えた。食うためには稼がなくてはならず、これまで捜す暇はなかなか取れなかった。いい機会だと思った。食べさせてもらえるのは、ありがたかった。

下谷広小路の高岡藩上屋敷からは、上野山下(うえのやました)はすぐ近くだと聞かされた。江戸では指折りの名の知れた繁華街で、女郎屋の集まる場所もあると聞いていた。これまでいくつか当たったが、宇助やおはるの消息は摑めなかった。

江戸にはいくつもの盛り場や女郎屋街があると聞いていた。行って圧倒された。初めは宇助について、誰にどう尋ねればいいのかも分からなかった。

無駄でも、一つ一つ当たってみるしかないと悟った。

「おれには、それしかねえ」

と思っている。顔見知りになった中間から、山下の詳しい場所を聞いた。

「おめえも、隅に置けねえな」

とからかわれた。

「兄姉(きょうだい)を捜すんですよ」

と答えた。からかわれるくらいは気にしない。

源之助や植村には、差し迫った何かがあるらしい。広助には関わることはできないから、自分はやりたいことをしようと考えた。駄目だとは言われていない。兄姉を捜していることは、前に話していた。

近づくにつれて、人通りが多くなる。場所はすぐに分かった。広場の端に立って眺め回す。人の多さに圧倒された。

寛永寺(かんえいじ)門前の下谷広小路と呼ばれる広場は、屋台店や大道芸人が多数出ていて、人で賑わっていた。生まれ在所の村祭りとは比べ物にならない。さすがに江戸でも指折りの盛り場だというのは、聞いていたとおりだった。

一目見ただけでも無宿者だと分かる男たちが、数人ずつたむろしていた。何かあったら強請(ゆすり)やたかりの種にしようと目を光らせている者もいれば、うつろな目を通り過ぎる人に向けているだけの者もいる。

広助は、杖を頼りに足を引きずりながら、その男たちに近づいた。

「上州多胡郡から出てきた、宇助ってえ者を知らねえかね。歳は二十二なんだが」

「何だい、そいつは」

「おれの、兄貴さ。顔はおれに似ている」

それは確かだった。人にも、よくそう言われた。

「さあ、知らねえなあ」

顔をしげしげと見られた。

「低い鼻が、上を向いているじゃねえか」

何を言われても気にしない。宇助を捜すことが先決だ。声掛けをしながら、生まれ在所にいたときの兄の思い出を頭に浮かべる。

いつも小作や水呑の子どもを何人か引き連れて、遊び回っていた。他所の村で喧嘩をしたり、何か食べ物を奪い取ったりしていた。優しくされた覚えはないが、腹を空かせているとき、奪った食い物を分けてくれた。隣村の悪餓鬼に殴られて泣いて帰ると、怖い顔になって訊かれた。

「誰にやられたんだ」

答えると、家を飛び出した。仕返しに行ったのである。相手が歳上でも、大柄な者でも怯（ひる）まない。腕っぷしは強かった。だから広助は、それ以降、誰かにいじめられることはなくなった。

宇助はある日突然いなくなり、戻ってくることはなかった。父親に尋ねると、腹立たし気に言った。

「あいつは死んだと思え」

何があっても、宇助が死ぬとは考えられない。遊び仲間に訊くと、江戸へ出たと知らされた。

広助は無宿者とおぼしい者に、当たってゆく。五、六人目に尋ねて、やっとそれらしい返事を得た。

「宇吉（うきち）ならば知っているぜ」

歳は三十くらいだという。苦労して老（ふ）けたならば、それくらいに見えるかもしれない。

宇助と宇吉では違うが、聞き間違いかもしれないと思った。唐辛子（とうがらし）の屋台店を出しているというので、場所を聞いて行った。

一間半（約二・七メートル）くらいのところまで近づいて立ち止まった。商う親仁（おやじ）

の顔が見えた。

「ああ」

声をかけるまでもなかった。まったくの別人だった。

さらに問いかけを続けた。一刻（二時間）以上訊き回ったが、宇助を知る者には出会えなかった。

それから広助は、山下の女郎屋街へ足を向けた。このあたりも初めてだ。昼見世が始まっている刻限だった。

女郎屋街へ足を踏み入れると、息苦しいような気持ちになる。派手な襦袢姿の女が、濃い化粧で通りかかる男に声をかけていた。

「ねえ、遊ぼうよ。可愛がっておくれよ」

媚びるような声で、ひらひらと手を振る。

「姉ちゃんも、あんなふうにしているのか」

村にいたときのおはると、どうしても繋がらなかった。

格子窓の向こうにいる女郎の顔を、一通り検めた。皆、甲高い声で客を呼び止めている。広助にも声をかけてきた。

「いい思いを、させてあげるよ」

女たちは、客を捉まえようと必死なのだと感じる。声を上げているすべての女たちは、姉と同じだ。借金を返さなくてはならない身の上になっていることは分かっていた。

女衒に連れられて江戸へ出た女は、皆ああなるのだと、いくつかの女郎屋街を廻って知らされた。ただそれでも慣れることはないし、胸をきりきりと突き刺す痛みがあった。

宇助がおとなしく家にいることは少なかったが、おはるはずっと家にいた。両親は働きに出ていたから、家のことはすべて姉がしていた。

広助は幼い頃、よく熱を出して寝込んだ。

「弱い子だね」

と母親に言われた。

どんなに高熱を出して寝込んでも、両親は働きに出た。出なければ食えないのは分かっていた。

おはるだけが家にいて世話をしてくれた。医者にかけてもらうことはできない。おはるは枕元にいて、肩から胸にかけてずっと撫でてくれた。

「大丈夫だよ。じきに治るからね」

それで気持ちが落ち着いた。母親代わりではなく、広助にはそれ以上の存在だった。

「上州出のおはるという女を知りませんか。歳は二十で」

その一言で、親し気にしていた目の前の女の態度が変わった。

「何だい、お客じゃないのか」

手を振って追い立てられた。野良犬を追い払うようだった。

「おはるって、あんたの何さ」

と訊いてくる者もいる。

「おれの、姉ちゃんなんですよ」

「捜しているのかい」

「へえ」

「泣かせるねえ」

女はまじまじと、広助に目を向けた。

「生まれ在所の名なんて、ここじゃあ誰も知らないよ」

それは前の女郎屋でも言われた。しかし見世での名など、知るよしもなかった。

「右の目尻の下に黒子があるんだ」

広助は、自分のそのあたりに指先を当てた。

「知らないねえ」

女はそれきり、通りかかる他の男に目を向け声をかけた。もう相手にしてくれなかった。

邪険にされながらも、さらに別の女に尋ねてゆく。目の近くに黒子のある女はいたが、顔を見ればすぐに違うと分かる。

捜し当てられないままに、高岡藩上屋敷へ戻った。

四

次の日の昼四つ（午前十時）、御使番渡辺七郎兵衛が公儀からの正使として高岡藩上屋敷へ姿を見せた。

渡辺は家禄千石の旗本だが、将軍家の使いなので客間の上座に着く。正紀と佐名木が下座で迎えた。

四十代半ばの渡辺は胸を張り、堂々とした態度だった。こういう場面に慣れていた。

向かい合うと、公儀からの書状を読み上げた。

「壱岐守井上正紀に、深川洲崎の護岸修復について、他の三家と共に御手伝普請を命ずる」

渡辺は他の三家の名を挙げた。

「謹んで承るように」

「ははっ」

正紀と佐名木は、ここで両手をついて低頭した。

井上家が納める御手伝金は七百二十五両で、十一月末日までに幕府の御金蔵へ運び入れなくてはならない。正式な伝達が済むと、渡辺は態度と表情を改めた。

「諸色高直の折、ご苦労もおありかと存じまする」

命じられる御家によっては処罰の場合もあるが、おおむねは出せると見込んでの話となる。しかし受ける方は、それぞれ塗炭の苦しみを味わうことになる。

御手伝普請を受けて、藩財政が急激に悪化した例は枚挙にいとまがない。渡辺の言葉は、それを慮ってのものだった。

「いや、かたじけない」

正紀は礼の言葉を口にしたが、これで御手伝普請は正式に決まった。逃げも隠れもできない。ずっしりと重い荷を背負わされた気分だ。

藩士たちには、すでに伝えていた。動揺があったが、一同どうにもならないことだと分かっていた。今日の藩邸内は、いつにも増してしんとしていた。

そして夕刻近く、越後三日市藩柳沢家の江戸家老田原半太夫が佐名木を訪ねてきた。

今回御手伝普請をすることになった藩の一つである。

三日市藩の上屋敷は下谷三味線堀で、高岡藩邸とは近い。佐名木とは御家の禄高が同じなだけでなく歳も近いので、田原とは交流があった。

「いや、とんでもないことになり申した」

公儀の正使には言えないことでも、佐名木と田原の間では口にすることができた。

田原は困惑の色を隠さない。

「ご老中は、意地が悪い」

「いやいやまことに」

佐名木も不満を口にした。

三日市藩は郡山藩十五万一千石柳沢家の分家である。柳沢吉保の子孫という自負があって、定信派でも尾張派でもない立場を取っていた。

幕閣にしてみれば、なびいてこないのが気に入らない大名家だったということだと、佐名木は見ていた。高岡藩とは別の意味で、不快な存在といっていいだろう。高岡藩と同様に、懲らしめられた。

「しかしこうなっては出さぬわけにはまいらぬ」

「まことに」

高岡藩も辛いが、田原の困惑顔を目にしていると、他も同様なのだろうと察せられた。取り立ての用事があったからではなく、愚痴を言うための訪問だった。

その気持ちはよく分かった。

「金子の手立ては、できておいでか」

「いや、半分をやや超えたところで」

はっきりした数字は教えられないが、佐名木は大まかなところは伝えた。二人だけの話である。

「当家もな、本家の郡山藩に助けを求めて、三分の二ほどがどうにかなったが、その後が続きませぬ」

田原はため息を吐いた。

「では、どうなされるので」

「年貢増徴と家中よりの借り上げ、出入りの商人からの御用金の賦課、また商人からの借金等によって捻出するしかないと存ずる」

これは、高岡藩も同じだった。

「ただ御用達の商人からは、すでにずいぶんと出させておりますのでな」

佐名木も重い口になった。これまでの金策とは、桁が違う。

「まことに。しかしそれで押すしか、ないのでござろうな」

田原は肩を落とした。そして思いついたように問いかけてきた。

「他の二家は、どうなっているのでござろう」

それは佐名木も気になるところだった。常陸麻生藩の内情については、前に評判を聞いたことがある。

「麻生藩は表高こそ一万石でも、実高は一万五千石近くあると聞いており申す」

「なるほど、我らとは違うわけですな」

羨ましそうな口ぶりだった。

無駄な使い方をしていなければ、耐えられそうだ。とはいえ他人の懐だ、確かなところは分からない。知られていない事情が潜んでいるかもしれない。

麻生藩には、頼れる本家があるわけではなかった。

「下総の生実藩ですがな、あそこは我らとはやや事情が違うようでござる」

「そういえば」

田原の言葉に、佐名木が頷いた。藩は漁業や塩業もあって豊かとまではいえないが、困ってもいないという話だった。

「先代藩主俊孝公の正室が、小浜藩十万三千石の酒井忠用様の娘で、小浜藩とは近い間柄でござる」

田原は秘事を漏らすような口調で言った。

佐名木も、大名家の婚姻関係については常に意識しており、このことは正紀たちにもすでに話していた。家老同士の噂話(うわさばなし)でも、相手を間違えると面倒なことになる場合がある。話していい相手といけない相手の見極めは必要だ。

「後(うし)ろ盾(だて)があるわけですな」

「それだけではござらぬ」

「何でしょう」

「小浜藩主の忠貫(ただつら)様は、定信様や信明様と近いと聞き及びまする」

「近い間柄で、御手伝普請でござるか」

意外な話だ。それならば避けられるのではないか。

「そこでござる。生実藩江戸家老の織部(おりべ)隼人正(はやとのしょう)殿は酒井繋がりで、密かに定信様や信明様に近づいていると聞きました」

「なるほど」

織部隼人正とは、佐名木は何度か話をしたことがあった。切れ者だと感じたことを覚えている。

「御手伝普請を受けることで、幕閣に近づこうという腹でござろうか」

「ないとは言えませぬが、七百両以上ですからな。負担が大きすぎると存ずるが」

佐名木は答えた。

「織部はなかなかの曲者(くせもの)だと聞きますぞ」

田原も、そういう印象を持っていたらしかった。定信側の藩で田原の言う通りなら、こちらとは一線を画(かく)する相手だと言えそうだった。

ただ今のところは、その腹の内は分からない。とはいえどのような思惑があろうとも、高岡藩や三日市藩には関わりのないことだった。

頭を抱えているのは、自藩での金策だ。

「何としても、この難事は乗り越えましょうぞ」

田原は己を鼓舞(こぶ)するように言ってから引き上げて行った。

五

この日源之助は植村と共に、深川堀川（ほりかわ）町へ足を向けていた。ここの米問屋安房（あわ）屋は、高岡藩の年貢米を扱う問屋だった。

堀川町は、油堀（あぶらぼり）の北河岸にある町である。間口六間半（約十一・七メートル）の大店で、店の前に船着場を持っていた。高岡藩や下妻藩を含めて、五つの大名家の御用達となっている。

ここでは正紀が高岡藩に婿入りする前に、利根川の護岸普請のために助力を求めて断られたことがある。藩は何代も前から御用達にしていて、千両近くを低利で御用金として借りていた。

清三郎の出産祝いとして得たうちから五十両分を返したが、それがやっとだった。他にも返済しなくてはならない相手があった。まだ残っている元金を返す見通しは、まったく立っていなかった。

利息だけを、払い続けなくてはならない。

「九百五十両が泡と消えては、商人としては算盤に合わないでしょう。まとまった金子を、貸すのではないでしょうか」

「そうですね。今回は、御家の存亡に関わるわけですから」

植村の言葉に、源之助が応じた。正紀と佐名木に断った上で、訪ねることにしたのである。

店に入ると、利根川の護岸普請のときに断った番頭の巳之助が相手をした。白髪の痩身で態度は慇懃だが、常に算盤ずくで物事を考える者だった。

「井上様から頂戴した年貢米は、すべて納まるところに納まりました」

「それは何よりだ」

植村が答えた。高岡からの新米は、江戸到着の分はすべて届いている。安房屋からの支払いも、全額受けたと井尻から聞いていた。

その金子は、国許へ送られたり江戸藩邸の経費に使われたりする。借金の返済という流れもあった。

ここで源之助が、高岡藩が洲崎の護岸修復の御手伝普請を承ったことを伝えた。納める総額については触れない。

「それはそれは、ご名誉なことで」

巳之助は口元に笑みを浮かべ、形式的なことを述べた。話を聞く前よりも、慎重な眼差しになっている。

「御家の存亡の危機ゆえ、何としても五十両を用立ててもらいたい」

百両と言いたいところをぐっと堪えた。

「井上様は、いろいろなさっていると聞きます。金子のご用意は、すぐにおできになるのでは」

わざとらしい言い方に聞こえたが、源之助は応じずに首を横に振った。

「当家では、とても出し切れる金高ではない。だから足を向けてまいった」

「なるほど。難儀なことでございます」

驚きの表情を見せた巳之助は、桜井屋のようなきれいごとは口にしなかった。そのまま続けた。

「御家にもしものことがありましたら、ご融通した金子が戻らなくなります」

はっきりしたことを口にした。

「いかにも。それゆえ、手助けを願いたい」

「五十両を惜しんで、九百五十両を焦げ付かせるわけにはまいりません。お役に立ちとう存じます」

「そうか」

魂消た。巳之助は貸すにしても、もっと渋ると踏んでいた。しかもこちらが望んだ額で、嬉しい返事だった。

「ただ、金子をお渡しできるのは、すぐではございません」

手元に五十両はないと付け足した。

「ならばいつか」

慌てた。十一月中でなくてはならない。

「年内となります」

小売りからの代金は、年内支払いとなっているという話だ。

「しかしそれでは、間に合わぬ。早めに出させるわけにはいかぬのか」

「できるならば、苦労はいたしません」

問屋は小売りに掛売をしている。後払いの契約をしての売買である以上、期限より先に寄こせとは言えない。体から力が抜けた。ぬか喜びだった。

「五両でよろしければ、今すぐにでも」

それでは話にならなかった。

安房屋を出た源之助と植村は、油堀河岸を東に歩いて、広助が怪我をした木置場の普請場へ足を向けた。他へ行く当てはなかった。

職人頭の稲次郎が、洲崎の護岸の修繕に必要な金子とその普請の入札について不満を持っている気配だった。先日は話を聞こうと足を向けたが、広助が怪我をしたことでできなかった。

深川まで来たついでに、訊いてみようと考えたのである。

一度崩れた土手だったが、今はほとんど元の状態に戻っていた。職人や人足たちが働いている。

稲次郎は、源之助らを覚えていた。

「先日は、お世話になりやした。広助の具合は、いかがでしょうか」

向こうから近づいてきて、頭を下げた上で問いかけてきた。案じていたようだ。

「うむ。徐々によくなっているようだ」

力仕事はできないが、屋敷内の掃除や雑用はやっていた。兄と姉を捜しに出ているという話も聞いている。

広い江戸で捜すのはたいへんだが、めげてはいない。その意気込みがあるならば、いつか辿り着けるのではないかと源之助は感じていた。

「仕事ができるようになるまで、当家で預かる」

「ありがてえことで」

そして源之助は、稲次郎に御手伝普請の入札の折の事情について問いかけた。

「お上の決めることですからね。不満てえわけじゃありやせんが」

洲崎の普請の入札では、四軒の石屋が手を挙げた。その中では玉洲屋が有力とされたが、蓋を開けると岩槻屋が仕事を受けることになった。

「入札額の差は、ほんの少しだったんですがね」

もっとも安いところが受注する。たとえ一両でもだ。

普請の範囲が狭まったことで、当初の八千両から急遽下がった五千八百両という金高について訊いてみた。

「石の量やその組み方にもよりますが、安く上げれば四千両でもできます。ただそれでは、激しい嵐や高波のときにどうなるでしょうか。六千両もかければ、ずいぶん強固なものになりやすね」

誰かがどこかで、中抜きをしていなければと言い足した。そこについては、詳しいことは分からない。

入札についての顚末は、番頭の弥之吉の方が詳しいというので、大島町の店まで行くことにした。深川の南、大島川の北河岸だ。

玉洲屋は、店や対岸にある石置場の広さは岩槻屋とほぼ同じような規模だった。

店に入って、藩と名を告げて番頭の弥之吉と向かい合った。ここでは洲崎の護岸の修繕について、御手伝普請を受けた藩の者だと伝えた。初めは不審な目を向けたが、それで納得した面持(おもも)ちになった。

「お上の御用を受ければ、うちの信用も上がりますんでね、落札したかったのですが」

そのためには、ぎりぎりまで値を抑えたと付け足した。

「安直な石組みにするとは、考えなかったのだな」

「もちろんでございます。石を少なくして弱い造りにすれば、何があるか分かりません。苦心をした金高でございました」

他の二軒は、それなりの儲けを見込んだ値をつけていたが、玉洲屋は利益を度外視した。しかし岩槻屋は、それより二両安い値をつけてきた。

「驚きました。こちらの値を知っているかのようなつけ方でした」

それが、主人の八十兵衛(やそべえ)や番頭の弥之吉、職人頭の稲次郎は気に入らなかった。

「何か、企(たくら)みがあると感じたのだな」

「はい。とはいえ、何の証拠もありませんから、どうすることもできませんでした」

「岩槻屋は、よく公儀の仕事を受けるのか」

「この三、四年ほどは、多いようです」

それ以前は、ほとんどなかったとか。

「なぜ急に、そうなったのであろう」

「さあ。ただ四年前に、御普請奉行様が変わりました」

「それから多くなったわけだな」

「そうです。御普請奉行様は、入札の折の差配をなさいます」

「なるほど」

はっきりとは言わないが、何か陰謀がありそうだと告げていた。

「御普請奉行は、どなたか」

「跡部弾正様という、家禄二千石のお旗本です」

「どのような御仁か」

「なかなかやり手のようで」

わずかに躊躇う様子を見せてから答えた。言いたいことがあるのかもしれないが、公儀の役人だから、露骨なことは言えないのかもしれなかった。

跡部の屋敷は駿河台富士見坂下にあって、用人石渡左之助という者がいつも傍にいると教えられた。

六

昨日に引き続き、手伝える仕事を済ませた広助は、この日も高岡藩上屋敷を出た。朝夕の風は冷たいが、日が出れば寒いとは感じない。ただ霜が融(と)けて道がぬかるむのは、歩きにくくて厄介だった。

まだ杖代わりの棒は手放せない。

向かった先は、上野寛永寺と浅草(せんそう)寺の間の広大な寺町だ。その中でどぶ店のお祖師(そし)様と俗称された長遠(ちょうおん)寺や、その他の寺の門前には、何軒もの女郎屋が軒を並べていると聞いた。

「おれはあそこで、何度か遊んだことがあるぞ」

前に石運びをしたときに知り合った人足たちが、話していた。安価に遊べる私娼(ししょう)窟(くつ)として知られていて、姉のおはるを捜すために行ってみなくてはと思っていた場所だった。

左足の親指は完治にはほど遠いが、一日ごとによくなっていた。杖代わりの棒を手に寺の並ぶ道を歩いて、どぶ店(だな)と呼ばれる界隈に入った。

格子窓のある見世が並んでいるが、女たちの姿はなかった。明るいところで見ると、屋根も低く、下げられた雪洞の色が褪せていて、上野山下の女郎屋街よりもみすぼらしい印象だった。

正午を過ぎたばかりで、昼見世が始まるにはまだ間のある刻限らしかった。客になるような男の姿はない。

出入り口の外で、襦袢姿の女が三人で立ち話をしていた。若い娘だけでなく薹が立った女もいた。客だとは思わないから、近寄ると胡散臭そうな目を向けられた。広助はかまわず、女たちに声をかけた。

「上州多胡郡矢田村から出た、おはるという二十歳になる者を知らねえでしょうか」

右の目尻の下にある黒子についても伝えた。

「何だい。あんたのこれかい」

一番年嵩の女が、小指を立てて言った。からかうような、嘲笑うような口調だ。からかわれたり、追い払われたりするのには慣れていた。

「いえ、あっしの姉ちゃんで」

話も聞かず追い払われることもある。それよりはましだった。

「あちこち、捜しているのかい」

「へえ」

「捜してどうするんだい」

二十歳くらいの女が、口を出した。三人の中では、一番目鼻立ちが整っていた。思いがけない問いかけで、慌てて答えた。

「一緒に暮らせれば」

つい口にした。これは本音だ。

「何を、寝言をほざいているんだい。あんたの姉さんがここにいるならば、借金まみれになっているんだよ。あんたに返せるのかい」

広助の頭から足元までを、値踏みするように見た。

「そうだよ。いい歳をして、馬鹿なことを言うもんじゃない」

もう一人が言うと、三人は声を上げて笑った。

「あんたの姉さんは、どこだか知らないが、そこで死ぬまで過ごすんだ」

「そうだよ。最後は投げ込み寺へ捨てられてね」

言われて怒りが込み上げたが、それは呑み込んだ。尋ねた返事を、まだ貰っていなかった。

「それともその前に、花代を払って、男と女のことをするのかい」

声を上げて笑った。

「………」

殴りかかりたい衝動に駆られたが、それも抑えた。

「この女たちも、同じではないか」

との考えが頭に浮かんだからだ。己のことを話したのだ。

「あたしのことなんて、捜しているやつはいない。羨ましいよ」

と言ったのは、一番の歳若だった。

「何を甘っちょろいことを言ってるんだい」

年嵩は言って、広助に目を向けた。

「そんな女は、このあたりにはいないよ」

手を振られた。事実知らなかったのかもしれないが、誰かが捜していることが、面白くなかったのかもしれない。不機嫌そうだった。

それで捜すのをあきらめたわけではなかった。次の見世へ行って、中を覗いた。

何人かの女の姿が窺えたが、姉らしい者はいなかった。

先ほどの女たちの言葉の一つが、胸に突き刺さっていた。捜し出しても、借金まみれの身では救い出すことはできない。

こちらにあるのは元気な体だけで、銭などなかった。

けれどもそれで、捜すのをやめるつもりは微塵（みじん）もない。先のことは考えずに、ただ行方を捜してゆく。分かったら、そのときにどうするかを考える。

さらに五人に尋ねた。目尻の下に黒子があって、二十歳前後の女はいたが、似もつかない顔だった。

敷居を跨（また）いで問いかけても、相手にされない。男衆が出てきて、手荒な真似をされることもある。

女が外へ出てくるのを待った。

さらに三人に訊いて知らないと言われた次の四人目は、思いがけないことを口にした。

「花寄（はなさき）の椿（つばき）が、上州の出で歳は二十歳くらい、右目尻の下に黒子があったよ」

本当の名は分からない。椿は見世での名だ。花寄という見世では、すでに問いかけをしていた。

「いないよ」

面倒くさそうに言われたばかりだった。

「本当ですか」

「あんたが捜している人かどうかは、分からないよ。でもねえ」

困惑の顔になった。何か支障があるようだ。

「あの妓、見世には出ていない。病で寝ているんだよ」

「ええっ」

仰天した。思いもしなかったことだ。

「どんな病で」

「詳しいことは知らないけどさ、近頃は顔を見ないよ」

花嵜では、嘘をつかれたのか。いや尋ねられた女は、おはるという生まれ在所での名を知らなかっただけかもしれないし、広助の問いかけをいい加減に聞き流しただけかもしれなかった。

とはいえ今の話を聞いて、全身が熱くなった。今まで尋ねた中では、一番確かな話だ。

花嵜へ行って見世の敷居を跨いだ。躊躇う気持ちはなかった。

「まだ昼見世は始まらないよ」

居合わせたやり手婆が、ぞんざいな口調で言った。広助の身なりが粗末だからだろう。

「ここに、椿っていう女がいるはずですが、本当の名は、おはるというんじゃあねえでしょうか」

それで婆は、「おや」という目を向けた。

「もしそうだったら、どうするんだい」

「会わしてもらいてえんです」

「それでどうするのかい」

探るような眼差しになった。

「もし姉ちゃんだったら、会えたことを喜びてえ」

「その後のことだよ。こっちが言っているのは」

「それは」

息を吞んだ。ただただ捜したいだけだった。

「借金もだいぶ残っているし、治療の代もかかっている。あんたそれを、払えるのかい」

銭金のことを言われたら、返す言葉がなかった。

「ともかく会わせてもらって、姉ちゃんかどうか、はっきりさせてもらいてえ」

頭を下げた。

「ふん。そんなことをしたって、うちには何の得にもならない話じゃないか」

「でも」

縋るような気持ちで言った。

「あんたに、こっちはどんな義理があるというんだい」

怒鳴りつけられた。

「姉弟ならば、会いてえじゃねえか」

簡単に引き下がるつもりはなかった。家族としての思いを、分かってほしかった。

「そんな気持ち、どうでもいいんだよ。こっちとは何の関わりもない」

きっぱりとした物言いだ。動じる気配はなかった。

広助はおはるを捜し始めてから耳にした、「忘八」という言葉を思い出した。仁、義、礼、智、忠、信、孝、悌の人として備えるべき八つの徳目のすべてを失った者という意味で、女郎屋の主人やそこで働く者たちを指すと聞いた。広助は、怯みそうになる気持ちを奮い立たせた。

「ちょっとだけでいいんだ」

「うるさいね。邪魔なんだよ。これから見世を開けるんだから」

「とにかく、一目でいいんだ」

「くどいよ」

「ならばせめて、本当の名だけでも、教えちゃあくれませんか」

そう言ったところで、何人かの足音が響いた。襟首を、いきなり乱暴に掴まれた。体が引きずられ、見世の外へ出された。

揃いの半纏姿の女郎屋の男衆が三人、目の前にいた。

「分からねえことを、言うんじゃねえ」

「た、頼む。一目だけでも」

「うるせえ」

三人に体を掴まれ、人気のない裏手へ引っ張っていかれた。乱暴な扱いだったが、抗いはしなかった。

「姉ちゃんがいる見世の人」

だと思うからだった。

「このやろ」

いきなり殴られた。顎が外れたかと思うほど力が入っていた。体がぐらついた。ここで太腿を蹴られて、広助は地べたに転がった。

さらに容赦のない蹴りが、尻や背中に入った。

「うう……」

体を海老のように曲げて、広助は呻き声を上げた。

「二度と来るな」

と告げられて男たちがいなくなった。広助は激痛で、しばらくの間は立ち上がることもできなかった。

また来ればこうなると、伝えられたのだ。

七

源之助は植村と共に、深川から永代橋を西へ渡った。駿河台富士見坂下へ足を向けた。

御普請奉行跡部弾正とその用人石渡左之助の二人の名が出てきた。

岩槻屋の入札に不正がなければ、何の関わりもない人物となる。しかし着任直後から岩槻屋の入札が始まったこと、洲崎の入札が僅差で決まったことなどを鑑みると、そのままにはしがたい相手だと思われた。

入札の経緯について調べたところで、高岡藩にとっては何の関わりもないが、調べてみたかった。御家存亡に関わる状況の中で納められる御手伝金が、どのように使われるのかは、どうでもよいことではなかった。

「それがしも、知りたいところでござる」

植村も、関心を持っていた。

富士見坂下は、五百石から二千五百石ほどの旗本屋敷が並んでいる。人通りもほとんどなかった。

近所の屋敷の門を叩いて訊くわけにはいかないので、まず近くの辻番小屋で番人の老人に話を聞いた。

「お殿様は、見た感じではちと怖いような」

気性が激しそうだ、ということらしい。歳は三十半ばをやや過ぎたところだとか。

用人の石渡左之助は三十歳前後で、これも番人には切れ者に見えるらしい。

「元は駿府御定番だったと聞きますが」

「ほう」

駿府御定番は千石高でお役料が七百俵だ。それが四年前に、二千石高の御普請奉行に出世した。

「よほど猟官に励んだのではないでしょうか」

横で話を聞いていた植村が言った。

「商人が訪ねてくることはないか」

「ありますが」

それは他の屋敷でも同様だ。出入りの商人の名など、番人の老人には分からない。岩槻屋が出入りしているかどうかは知りようがなかった。

「岩槻屋と、私的な付き合いがあれば怪しいのですが」

源之助は呟いた。

しばらく植村と二人で、跡部屋敷を見つめた。誰かが出てくれば声掛けをしようと考えたが、誰も出てこない。

ここで植村が思い出したように口にした。

「御普請方の定小屋は、確か常盤橋御門内にあったかと思いますが」

源之助は知らなかったが、植村は思い出したらしい。道三堀の北側に、小普請奉行と作事奉行、普請奉行の定小屋が並んでいる。

植村は道三堀の対岸にある評定所へ、正紀と出向いたことがあると言った。

「なるほど。そちらの方が、何か聞けそうですね」

二人は常盤橋御門を入り、道三堀に沿った道を歩いた。道三橋の北袂にある普請奉行の定小屋の前に立った。

定小屋とはいっても、粗末な代物ではない。敷地の中に、充分な広さの堅牢な建物があった。門番所までついている。

道三堀の北袂には辻番小屋もあったので、そこに詰める老番人に跡部について問いかけた。

「御奉行様はご城内に御用部屋があるので、いつもこちらにおいでになるわけではありません」

ただ普請方下奉行や普請役、普請方同心の出入りは多いと聞かされた。奉行の跡部は今、供侍を連れて顔を見せているとか。

「商人はどうか」

「よく来ていますよ。職人の親方のような者もね」

しかし辻番では、商人や職人の名は分からなかった。やり取りをしていると、中から中年の侍が出てきた。

番人に訊くと御普請役の者だという。奉行の下役だ。そこで源之助と植村は、歩き始めた侍の傍へ寄った。

「卒爾ながら」

と源之助が頭を下げて声をかけた。

「それがしらは、下総高岡藩家中の者でござる」

名乗らなくては話を聞けないと考えて、源之助は正直に伝えた。

「どのようなご用でござろうか」

いきなり声をかけられて驚いた様子だが、源之助らは礼を尽くして声掛けをしているので、不快な様子ではなかった。

「出入りの商人で、岩槻屋澤五郎なる者をご存じでござろうか」

「存じておるが」

御用達の商人ならば、主人や番頭の顔と名は分かるそうな。

「当家でも、普請の用に使いたく存ずるが、商人としてどのような者でござろうか。お教えいただければありがたい」

これが知りたくて、声をかけた形にした。

「そうさな。抜かりなく事をなす者だと存ずるが」

「奉行の跡部殿の信頼は、厚いのでござろうか」

「それは間違いない。番頭の吉兵衛が、訪ねてきた用人の石渡殿とどこかで飲むという話をしていたことがある」

「呉服町新道の梅乃屋とか言っていたような」

少しばかり首を捻ってから答えた。さらにいろいろ訊きたかったが、相手の侍は用事があるらしかった。

「これでご無礼いたす」

行ってしまった。そして少しして、馬に乗った侍を中心に、六人の侍や中間が加わった一団が出てきた。門番が頭を下げて見送った。

源之助が、辻番小屋の番人に確かめた。

「あの馬上の御仁は、奉行の跡部殿だな」

「そうです」

背筋を伸ばして、馬上から周囲を睥睨するように目をやっていた。横にいるのが、用人の石渡左之助だと分かった。

「どちらも、なかなかのやり手といった顔つきですね」

植村が言った。

一団を見送ったところで、源之助と植村は呉服町新道へ足を向けた。梅乃屋は居酒屋ではなく、間口二間半（約四・五メートル）の入口に格子戸の嵌まった小料理屋だった。

「高そうな店ですね」

源之助は、目にした印象を口にした。まだ商いは始まっていないが、三十歳前後のおかみらしい女と娘が店の掃除をしていた。

「手を止めて済まぬが、ここには深川で石を扱う岩槻屋の番頭吉兵衛が来ていると聞いたが、存じておろうか」

「ええ。吉兵衛さんならば、月に何度かお見えになりますが」

すぐに答えが返ってきた。女は店のおかみで、愛想(あいそう)はよかった。

「相手は侍だな。跡部家の石渡殿ではないか」

「そうです」
三、四年くらい前からだそうな。
「ずいぶんと親しそうだな」

「ええ。お得意様のようで」

「では酒肴(しゅこう)の代は、吉兵衛が払うのだな」

「さようでございます」

頷いたおかみは、それがどうしたという顔をした。

「いやいや、それだけ聞ければよい」

店を出た源之助と植村は、顔を見合わせた。

「やはり何か、ありそうですね」

「まことに」

二人は頷き合った。

第三章　百両の依頼

一

　正紀は京から、清三郎の具合がよくないと伝えられた。まだ日が落ちるにはだいぶ間があったが、京の部屋へ行った。

　微熱があって、飲んだ乳を戻したという。

「いつからか」

「昨日も乳を戻しました。そのときはさほど気にしなかったのですが、今日もあったので案じております。微熱もありますゆえ」

　藩医の辻村順庵が、手当てを施(ほどこ)しているとのことだ。生まれてまだ二か月にもならない幼子(おさなご)だから、正紀は不安になる。戻すだけでなく、微熱も下がらないというのが気になった。泣き声にも張りがない。元気のいい孝姫は、侍女が相手をしている。

清三郎が寝る部屋へ行った。

「具合はどうか」

正紀は、辻村に尋ねた。京は赤子の枕元に座って、その様子を案じ顔で見つめた。

「生まれたばかりの赤子は、母親から力を貰って生まれてくるゆえ、あまり風邪を引くことはありませぬ」

「なるほど」

「しかし、引かないわけではありませぬ」

「………」

「風邪ならば、温かくして寝かせれば治るのでございますが」

「重い何かの病ならば、怖いというわけだな」

生まれて二、三か月で亡くなる子は少なくない。それは市井(しせい)の赤子だけでなく、大名旗本家でも同様だった。

「はい。ですがまだ、それは分かりません」

今は、様子を見るしかないという話だった。

「翌朝には、けろりとしていることもございます」

「そうあってほしいものだ」

正紀の願いだ。

「落ち着かぬ気持ちです」

二人だけになったところで、京は言った。気丈に見えるが、正紀には弱気を見せる。せっかく生まれた跡取りの男児で、藩内や一門では期待が大きい。前に流産をしている京は、赤子の病にはまず怯えが生じるのかもしれなかった。

熱い茶を飲ませ、気持ちを落ち着かせた。

今日は公儀の御使番がやって来て、御手伝普請の正式な命が下った。京もそのことは知っていて、気持ちを紛らわすようにその模様を問いかけてきた。

正使としてやって来た渡辺七郎兵衛の様子について話した。さらに正紀は、佐名木から聞いた、三日市藩江戸家老の田原半太夫と交わした会話の内容を京に伝えた。

「三日市藩と麻生藩は、たいへんそうですね」

「まさしく。参勤交代以上にたいへんだ」

先代正国のお国入りのときも難渋した。あれは、つい数か月前のことのように思える。

「定信さまに近いとされる生実藩でも、七百二十五両はおいそれと揃えられる額ではないのでは」

そう告げられたのは意外だった。しかし一万石の内証では、確かに容易ではなかろうと察せられた。

「幕閣に気に入られ、よい役に就いて加増を目指したいのであろうが」

生実藩主俊知はまだ十三歳で、藩政は江戸家老の織部隼人正が担っていると聞いていた。

「織部は幼い俊知殿を立てて、藩を大きくしようという腹か」

「それぞれの者には、それぞれの思惑がありまする」

「たいへんでも、己が欲するもののためには無理をするわけだな」

「それに端からは窺えない、何か後ろ盾があるのやも」

考えもしなかったが、そうかもしれないと思った。ただそれは生実藩のことだった。

正紀がしなくてはならないのは、残り二百両の金策である。

「正森さまに、助力をお願いしてはいかがでしょう」

「うむ、その手もあるが」

正森とは、高岡藩の先々代藩主である。およそ三十年前に五十一歳で隠居をした。八十二歳になった今は、病のために国許高岡で療養をしていると公儀には届け出ていた。

けれどもこの老人、実はすこぶる元気で高岡にいることはめったになかった。江戸と下総銚子の間を行き来して、〆粕と魚油の商いを繁盛させていた。江戸には孫ほどの歳の女房代わりがいて、銚子では娘といっていい歳の女子に「旦那さま」と呼ばれていた。

はっきりしたことは分からないが、なかなかの身代だと見ていた。

だから考えなかったわけではないが、金子については厳しかった。ぽんと五十両なり百両を出すとは思えない。

「藩主が何とかしろ」

という考えだ。〆粕の仕入れでは力を貸してくれたが、他の難局に際しては金銭的な援助はしてもらえなかった。ただそれでも、何もしないわけにはいかない。苦境を、伝えるだけは伝えようと考えた。

執務場所である御座所へ戻った正紀は、銚子にいる正森に助勢を求める文を書いた。

そして夕刻になって、安房屋へ金策に出ていた源之助と植村が戻ってきた。二人が伝えてきたのは、もともとの目的についての報告ではなかった。

「洲崎の普請にまつわる入札についてでございます」

源之助から、その詳細を聞いた。

「跡部と岩槻屋は、組んで何か企みをしているやに思われます」

「そうでなければ、番頭が用人にまで酒を飲ませるなどあり得ませぬ」

源之助に続けて、植村が口を開いた。

「普請には、四家と公儀が出した五千八百両という大金が動きます」

「血の滲むような金子でございます。不正を弄する、悪党の懐へ入れさせるわけにはまいりませぬ」

二人の言うことはもっともだ。

「分かった。調べるがよい」

肝心なのは金策だが、その対象になる普請に不穏な気配があるならば、そのままにはしたくなかった。

二

正紀に報告を済ませた源之助は、植村と共に御長屋へ広助の様子を見に行った。門番によると、そうとう殴られ蹴られした様子で戻ってきたとか。

兄や姉を捜しに行ったのは分かっている。

「何があったのか」

聞いてやるつもりだった。

長屋へ行くと、植村の妻女喜世が、手当てをしてやっていた。腫れた顔や体に、軟膏が塗られている。

「骨が折れるようなことは、なかったようです」

喜世が言った。

面目なさそうに、広助は頭を下げた。その際に、体のどこかが痛んだらしい。顔を歪めた。

もともとぼろだった着物は、破れたり擦り切れたりして、使い物にならなかった。喜世がどこかから古着を貰ってきていた。

「とんでもない目に遭ったではないか」

「姉ちゃんを捜すために、今日は浅草どぶ店へ行きやした」

源之助と植村は、広助から、女郎屋花嵜の男衆から狼藉を受けるに至った顛末を聞いた。

「上州出で、歳や黒子の場所を考えると、姉ちゃんに違えねえんだが」

「頼んでも、会わせてもらえなかったわけだな」

「へえ。椿っていう見世での名は分かったんですが、在所での名は教えちゃくれなかった。おまけにこのざまで」

気持ちが昂ったのだろう、体を震わせた。それでまた痛みに襲われたのか、顔を歪めた。

「姉だと分かったら、何度も姿を見せると考えたのでしょう」

話を聞いていた喜世が言った。銭を落とさない貧し気な者に来られたら、女郎屋にしたら迷惑な話だろう。

「しかしそこまでしたのならば、おはるかもしれませんね」

「違うならば、放っておくでしょうからな」

源之助に、植村が返した。

「それに、病だっていうから」

広助は、それが気になるらしい。

「ちゃんとした手当てを、してもらえているんだろうか」

「…………」

それについては、誰も答えられなかった。分からないからではない。分かるからだ。

「借金が残っていて、治療の代もかかっている。それらをすべて出せば、というわけだな」

そう言ったのは植村だ。

「そんな銭、あるわけがねえ」

広助は肩を落とした。

「何であれ、あきらめるわけにはいくまい」

「しかし、連れ出す手立てがないな」

源之助の言葉に、植村が続けた。借金の形になっている者を、勝手に連れ出すわけにはいかなかった。

「せめて姉ちゃんかどうか、確かめられればいいんだが」

半泣きの声になって、広助は呟いた。

「ならば我らが、どぶ店の花寄まで行って、確かめてまいろうか」

「話すでしょうか」

植村の言葉に、源之助は疑問の口調になって言った。

金子のことは、高岡藩では関わることができない。それどころではない状況だ。

「言うかどうかは分からぬが、訊くだけならばかまわぬのではないか」

「お、お願えできやすかい」

植村の言葉に、広助は目を輝かせた。思わず体の痛みを忘れたようだった。

「訊くだけ、訊いてみよう」

源之助もその気になった。会わせてもらえなくても、名を聞くだけでいい。無理強いをするつもりはなかった。また向こうにしても、言わないとなったら、相手が武家でも教えることはないだろう。

足を引きずるが、歩くことはできるというので広助に案内をさせることにした。

夜見世がそろそろ始まる頃らしい。すでに入口に色暖簾をぶら下げた見世もあった。しかしまだ、客らしい男の姿はまばらだった。

花嵜はまだ、見世を開けていない。

まずは町の木戸番で、番人に声をかけた。花嵜の主人は伝次郎といって五十一歳になる者だと分かった。元は地廻りで、楼主になって十年ほどになるとか。女房はおきんで、四十三歳だそうな。

木戸番は、花嵜に病の女が寝ていることは知らなかった。しかし花嵜の隣の女郎屋の女に訊くと、病の女がいることが分かった。

「ああ、椿だね。つい一、二か月前まで、客を取らされていたけど」

憐れむ口調だった。

「ちゃんと、手当てをしてもらっているのか」

「さあ。医者が出入りするところなんて、見たことがないけど」

言葉のどこかに、診せるわけがないだろうというような響きを感じた。しかし女は、具体的なことは分からなかった。

広助を外に待たせ、源之助は植村と共に花嵜の敷居を跨いだ。源之助は、女郎屋で遊んだ経験はない。

いきなり鼻を衝いてきたのは、脂粉のにおいだった。

場違いな世界に足を踏み入れたような、怯んだ気持ちになったが、腹に力を入れた。

「おかみのおきんに会いたい」

現れた婆さんに、源之助が言った。婆さんは値踏みするように、源之助と植村に目を向けた。女郎と遊ぶために来た客ではないと気づいている。

用心棒らしい男衆も現れたが、こちらは侍二人で一人は巨漢だった。しばらく様子を見ることにしたようだ。

「いったい、どのようなご用件で」

「尋ねたいことがあるのだ。それを聞いたならば、すぐに引き上げる」

迷惑をかけるつもりはないと付け足した。話し始めたら、怯みが消えた。争いに来たのではないと、源之助は己に言い聞かせた。睨みつけるようなことはしていない。とはいえ、藩や姓名は名乗らなかった。

ここでおかみらしい女が出てきた。

「どのようなお話でございましょう」

にこりともしない顔で、問いかけてきた。仕方がないので、話だけは聞いてやるといった態度だ。さっさと言わせて、引き上げさせようという腹だ。

「椿という、病に臥している女についてだ」

「はあ」

疑い深い目になった。

「先ほど弟だという人が来て、難渋をいたしました」

ふてぶてしい表情だ。殴る蹴るしたことには触れない。怯んだ様子をまったく見せないのは、さすがに女郎屋のおかみだと源之助は思った。

「その女の、生まれ在所での名を知りたい」

「聞いてどうするんですか」

「知りたいだけだ。見世に迷惑をかけるつもりはない」

「弟だってえ人に、うろうろされちゃあ迷惑なんですよ」

「それはさせぬ」

「本当ですか」

「武士に二言はない」

「おはると言いました。さあ、帰ってもらいましょう」

そこで初めて、植村が口を開いた。

「分かった、帰ろう。ただその前に、弟におはるの顔を見させてやってはもらえぬか」

それで確かめられる。名を聞いただけでは、まだ姉だと断定はできない。

「借金がまだ残っています。病のための医者代だってかかっていますからね。十一両を、今すぐ耳を揃えて出していただけるんなら、証文と一緒に引き取ってもらってかまいませんよ」

「ううむ」

証文という言葉を使ったのは、勝手な真似はできないぞと伝えてきたことになる。

「そうでないならば、お見せするわけにはいきません。お侍様は、知りたいだけだとおっしゃいました。だからお知らせしたんですよ」

ぴしゃりとした言い方だった。

「分かった」

頷くしかなかった。武士に二言はないと告げたばかりだった。引き上げることにした。

すると土間の隅で、こちらを見ている五十年配の悪相の男がいるのに気がついた。縕袍（どてら）姿で、それが主人の伝次郎だと察せられた。鬼瓦（おにがわら）のような面相で、大きな鼻が胡坐（あぐら）をかいている。何か言うのかと思ったが、それはなかった。

外へ出ると、広助が待っていた。

「椿という名の者は、おはるというそうだ」

「へえ」

それで広助は、見世の中へ向かおうとした。会わせろと告げるつもりだろう。

「駄目だ」

襟首を摑んで止めたのは、植村だった。

「傍（そば）に寄らぬということで、聞き出したのだ」

厳しい口調だった。

「わあっ」

広助は、声を上げて泣いた。まるで幼子のような泣き方だった。

三

高岡に出ていた廻漕河岸場方の杉尾善兵衛と橋本利之助が、江戸へ戻ってきた。仕入れた下り塩と薄口醤油の輸送と、利根川流域の地廻り問屋の開拓に出ていたのだ。

杉尾から役目の報告を受けてから、正紀は佐名木と共に国許の様子を聞いた。

洲崎の護岸修復にまつわる御手伝普請については、急ぎの知らせとして逐次国許へ伝えていた。国許でも、動揺が起こっているだろうことは想像がついた。

杉尾らは、その模様を目にしてきているはずだった。

国家老の河島一郎太からの、国許の狼狽ぶりを伝える文を持参してきていた。早速目を通した。

第一報の折には、悲嘆に暮れた者がいたらしい。ただどうにもならない事態なのは、国許の者も分かっていた。

「河島様は、藩士からの禄米の借り上げ再開も致し方ないとおっしゃっています」

「それぞれの方も、藩の危機として受け入れようとの心意気でございます」

杉尾と橋本が言った。

「うむ、せめてものことだ」

難局にあたっては、江戸も国許も、藩は一つにならなくてはならない。そして実際に拵えるべき金子について伝えた。正式な金高についても知らせたが、二人が国許を発つ折には、まだ届いていないらしかった。

「ええっ。月末までに、あと二百両でございますか」

よほど魂消たのだろう、橋本が目を剝いた。杉尾は顔を青ざめさせている。

「藩士からの禄米の借り上げがあっても、二百両というのはちと」

「飢え死にをしろというようなものでございます」

禄米の借り上げは、できる量に限度がある。また年貢を五公五民、もしくは六公四民という手もないではないが、それでは一揆が起こるのが目に見えていた。

そこで廻漕河岸場方の働きが重要になる。

「何ができるかだ」

「さようで」

「思いつく手立てがあるか」

正紀の問いかけに、杉尾と橋本は顔を見合わせた。すぐに妙案が浮かぶとは思えない。しばらくして覚悟を決めたような顔になった杉尾が口を開いた。

「今から塩や醤油を買い増しても、今月中には金子はできませぬ」

「そうだな」

「さすれば、確実に金子を得る手立ては、藩所有の高岡河岸の納屋を手放すしかないのでは」

「なるほど」

これはすでに、検討をしたことだった。杉尾もそれを考えたということは、他には手立てがないからだと察せられた。

藩のすべての納屋を五十両で引き取り、さらに向こう三十年の運上金及び冥加金を免除するという条件を持ち出してきた商人がいた。明らかに足元を見た相手の言い方だったが、高岡河岸の納屋ならば求める者はいると思われた。

「せっかくここまでになった高岡河岸でございます。納屋を手放すのは、断腸の思いでございます」

橋本が続けた。声が震えている。特別の思いがあるからだ。橋本の兄は、その納屋を守るために命を失った。

「やむを得ぬことでございますな」

佐名木も渋面（じゅうめん）で応じた。これまでの高岡河岸に対する藩士の思いを考えれば、安値では手放せない。

しかしあの河岸の納屋ならば、求める者はいるはずだった。

「目先のことではなく、長い先のことを考えれば、それなりの値になると存じます」

と佐名木は続けた。だからこそ手放すのは惜しいが、背に腹は代えられなかった。

翌早朝正紀は、洗面を済ませるとすぐに清三郎が寝ている部屋へ行った。まだ外は薄暗い。幼子の枕元には、京がいて看取（みと）りをしていた。

藩医の辻村と交代で一夜を明かしたのである。

「微熱は下がりません。乳も飲みますが、半分は戻しまする。泣き声も弱々しくて」

不安を訴える声だった。

「そうか、たいへんな一夜であった」

正紀は、京の心労を思った。

高岡藩は大きな危機に陥（おちい）っているが、清三郎の原因不明の体調不良も怖ろしいのに違いなかった。高熱を発するわけではないが、なかなか治らない。徐々に弱ってゆくような。

「浄心寺へ、快癒の祈願をしたいと存じます」

丸山浄心寺は、井上家の菩提寺だ。侍女に代参をさせる。自らが行きたいところだが、赤子から離れるのが怖いのだ。

「それがよかろう」

手を握ると、握り返してきた。

藩主としての政務を済ませた後、正紀は杉尾と橋本を伴って藩邸を出た。高岡河岸を使う商家や船問屋を廻るつもりだった。足元を見るような者は相手にしないが、納得のゆく金高を出す者ならば話をつけるつもりだった。

「仕方がありませぬ」

井尻もこの件については、無念そうな顔になったが頷いた。井尻は懲りずに支出の見直しをして金子を捻出しようとしているが、どうにかなるものではなかった。

まず薄口醤油を商う店へ行った。

「わざわざのお出まし、畏れ入ります」

藩主自らが顔を出したので、主人は恐縮した顔になった。番頭も交えて向かい合った。

「またどうして、高岡河岸の納屋を手放そうとなさるわけで」

話を聞いた主人は、驚いた様子で問いかけてきた。

「手放したくないのだが、何としても百両が入用となった」

御手伝普請については触れなかった。足元を見られる。

「高岡河岸は、これから伸びる場所でございますね」

相手は、まともな反応をした。

「いかにも。納屋とはいえ、十年後、二十年後を考えれば高い買い物ではなかろう」

「さようではありますが。百両というのはちと」

困惑の顔になった。

「ではいくらならばよいか」

「たとえ五十両でも、先のために出すならば、他にもやりたいことがございます」

主人は、思い切ったように口にした。醬油問屋はそれなりの店だが、五十両でも大金であることに変わりはない。

それをどう使うかは、店が決めることだった。

「三十両ならば」

と告げられて、話を続けることはできなかった。店にとっては、その程度の価値だということになる。

次に行った塩問屋は、買いたい姿勢を見せた。五十両で、向こう二十年運上金と冥加金を払わないでどうかと告げられた。

「運上金と冥加金を得られないでは、話になりませぬ」

橋本が苛立たし気に言った。たとえ危機を乗り越えられても、向こう二十年運上金と冥加金を得られないとなれば、藩財政は立ちゆかない。

四

源之助と植村は、正紀らとは別に高岡藩上屋敷を出ていた。深川石島町の岩槻屋澤五郎と番頭吉兵衛について、御普請奉行跡部弾正との関わりを調べるつもりだった。正紀や佐名木の了解も得ていた。

火のないところに煙は立たない。不審の気配がある以上は、はっきりさせなくてはならない。

深川の町を抜けて、木の香が鼻を衝く木置場へ出た。どこからか、鋸を引く音が聞こえてくる。はるか南の空で、海鳥が群れて飛んでいた。

「番頭の吉兵衛は、跡部家の用人石渡を小料理屋で接待していましたが、跡部はもっと高そうなところで饗応(きょうおう)しているのではないでしょうか」

「まずはそこを、はっきりさせましょう」

源之助の言葉に植村が応じた。「もっと高そう」とはいっても、具体的にどこかが目に浮かんでくるわけではない。まずは当たってみる。

岩槻屋へ行くのは二度目だ。十万坪の荒れ地で、烏(からす)が鳴いている。

店横の石置場に十人ほどの人の姿があった。半纏(はんてん)姿の職人や人足ふうの中に、羽織姿の男が二人いて、片方が指図をしていた。指図をしているのが三十代後半の歳で、羽織姿のもう一人はそれよりも四つか五つ歳上に見えた。

声は聞こえないが、横柄(おうへい)な態度に感じた。職人たちは頷きながら聞いている。

やや離れたところに二十代半ばくらいの浪人者がいて、その様子を見ていた。荒(すさ)んだ気配があって、用心棒だと察せられた。

大横川の船着場で荷積みをする船頭がいたので、源之助が問いかけた。

「あそこにいる羽織姿の二人が、澤五郎と吉兵衛だな」

「そうです」

年嵩の方が澤五郎だと知った。

「あの浪人者は、用心棒だな」

「ええ。磯嶋丙次郎様です」

半年くらい前に雇われたのだそうな。

「凄腕ですぜ」

暴れた荒くれ者の石運び人足を、刀も抜かずに懲らしめてしまうとか。岩槻屋に雇われる前のことは分からない。また船頭には、商いのことも分からない。

荷船に石を積み始めたときには、澤五郎や吉兵衛らは店に入ってしまっていた。職人や人足たちは荷船に乗り込んで、どこかへ行ってしまった。

ここには、もう一軒石屋があった。そこへ行って、中年の番頭に問いかけた。前にこの店の職人から話を聞いた。

「ここでは、公儀の仕事をするのか」

「いえ。お大名様や旗本様の御用を受けることはありますが、ご公儀の御用はしておりません」

町でやる川や掘割の修繕を請け負うのが主だとか。

「なぜしないのか」

「ご公儀の御用達になるのは、いろいろたいへんですので」

「岩槻屋はやっているようだが」

「まあそこは仕事を受けるために、いろいろ方策を練っているようで」

わずかに不快な面持ちになって答えた。同業の隣同士でも、良好な仲ではなさそうだ。

「方策とは」

何かありそうだと高揚する気持ちを抑えて、源之助は問いかけを続けた。

「御用を受けられるような、何かではないですか。私には分かりませんが」

奥歯にものが挟まったような物言いだが、はっきりしたことは分かっていないらしかった。根拠のない、印象だけを口にしたのか。

「ただ石置場では、勝手にうちのところへ石を置きます。よそでは強引な商いをしたりしているようです」

「確かめたのか」

「いえ。噂ですが」

声が小さくなった。

「では、澤五郎や吉兵衛が使うような料理屋は知らぬか」

「知りませんね。用心棒の浪人者が行く居酒屋は、うちの職人も行くので聞いたことがありますが」

場所を訊くと、対岸の島崎(しまざき)町だとか。早速行ってみた。

居酒屋は一軒しかないので、すぐに分かった。木置場の人足たちを相手にするような、安価な店だ。初老の女房に、源之助が問いかけた。

「ええ。磯嶋さんならば、よく来ますね」

飲みながら、自分のことも話すらしい。親の代からの浪人で、江戸へ出てくる前は何年もの間諸国流浪の日々を過ごしていたのだとか。

「主人や番頭の供をしているのだな」

「そうらしいですね」

「行った先の話はしないか」

「あまりしないけどねえ」

「たまにはするわけだな」

「まあ」

公儀の重い役にある侍と、主人がどこかで会ったという話はないかと訊いてみた。

「そういえば旦那さんのお供で、どこかの高そうな料理屋へ行ったとか」

もちろん磯嶋は、酒席が終わるのを待っていただけだ。

「どこへ行ったのか」

「ええと。大島川沿いの、美はまとかいう店だと思うけど」

源之助と植村が、目を見合わせた。大島川は、深川の一番海べりを東西に流れる川だ。どこの町かは分からない。

すぐにそちらへ向かった。

大島川沿いとはいっても河口から洲崎のあたりまで、かなりの距離がある。ただ南河岸は大名家の下屋敷や石置場、鄙びた町が中心なので、北河岸から当たった。料理屋といっても、看板を出していない店もあって、町の住人に訊きながら東側から西へ歩いた。

美はまという料理屋は、蛤町にあった。

「手間を取らせるが、ちと尋ねたい」

おかみを呼んでもらって、源之助が尋ねた。武家を笠に着た偉そうな問いかけ方にはしていない。

「はい。岩槻屋さんには、よく使っていただいております」

おかみはこちらの来意を摑みかねているようだが、嫌な顔はしないで答えた。

「客の接待にでござるな」

「そうだと思います」

客は身分のありそうな武家だと答えた。

「名は分かるか」

「さあ、存じませんが」

知っているのかもしれないが、そう答えられた。それなりの店ならば、いきなり現れた者に容易く話すとは思えなかった。

おかみは余計なことは喋らない。問いかけることがなくなって、源之助と植村は美はまを出た。

そしてしばらく、店の様子を見た。昼食を済ませた客が出てくる。さらに少しして、奉公人らしい女が出てきた。

「仲居ではないか」

ということで、源之助が問いかけをした。

「岩槻屋さんは知っていますけど、あたしはご用をしたことはありません」

さらに仲居が姿を見せたので、声をかけた。三人目の仲居が、岩槻屋の座敷の世話をしたと話した。

「相手は、ご大身の旗本だな」

源之助は小銭を握らせて問いかけた。

「そうですね」

女は、渋々といった顔で答えた。

「名は分かるか」

「跡部さまとか、呼んでいたような」

「そうか」

話の内容までは分からないと言った。しかし跡部をたびたび接待していることは分かった。

「何もないわけがない」

植村が言った。表に出せない裏の金の流れがあるのは間違いなさそうだ。

五

広助は、泣きながら一夜を明かした。何もできない己の無力さが、胸に響いた。三年前に、おはるは女衒に連れられて家を出て行った。あのときも、自分は何もできなかった。涙を流しながら、見送っただけだった。

三年経っても、自分はあの頃と同じだと思った。

おはるの病は重そうだが、充分な養生などさせてもらっているとは思えない。このまま日が過ぎたらどうなるのかと考えるとぞっとするが、何もできず、泣いて一夜を過ごしただけだった。

おはるという名は分かっても、姉だとの確認はできない。けれども広助は、そうだと信じた。

源之助や植村からは、行くなと告げられた。行っても会えないのは、言われるまでもなく分かっていた。ただじっとしてはいられなかった。どのような病なのか知れないが、それを尋ねることもできない。

行けば、さらに悶着が大きくなる。悔しいが、今は堪えるしかないと考えた。左足親指の骨折だけではない、さらに全身に打撲があった。

「やたらに動いてはいけませんよ」

喜世からもそう告げられていた。縁もゆかりもない自分に、高岡藩の人たちはよくしてくれている。ありがたいとは思うが、姉の病のことを考えると波立つ気持ちは抑えられなかった。

「痛てて」

乱暴な動き方をすると、全身に痛みが走った。とはいえ歩けないわけでも動けないわけでもなかった。

どぶ店へ行けないならば、兄の宇助を捜してみようと考えた。おはるのことを、伝えたかった。自分一人では、どうにもならない。

おはるのような優しさはなかったが、いざというときには助けてくれた。宇助ならば、何かしてくれるのではないかと考えた。

宇助もおはるのことは可愛がっていた。

門番に頼んで、屋敷の外へ出してもらった。兄を捜すとはいっても、どこへ行けばいいのか迷った。当てがあるわけではなかった。

そう遠くへは行けない。足の指だけではなく、全身の腫れはまだ引いていない。筋違(すじかい)御門の南側八(や)つ小路(こうじ)へ行ってみることにした。

ここも毎日が祭りのような賑やかな場所で、前にも捜しに来たことがあった。けれども充分に捜し切ることができなかった。

「江戸へ出てきているならば、二度や三度ここへやって来ているはずなんだが」

と呟きが漏れた。

神田川に架かる筋違橋を南に渡ると、広い火除け地となる。けれども明るいうちは、屋台店や大道芸人、見世物小屋などができて、人で賑わった。まっすぐに南に向かう道を行けば、日本橋へ出る。

ここにも、少なくない無宿者の姿があった。痩せて薄汚い身なりをしているから、すぐに分かる。

日雇いの仕事にあぶれれば、行くところのない者たちだ。

「上州多胡郡から出てきた、宇助っていうやつねえ」

「そうです。歳は二十二で、四年前に江戸へ出てきました」

「宇助ならいるぜ。そいつは、相州出だと聞いたが」

それでは話にならない。

「くたばっちまったんじゃあねえかい。何もしなけりゃあ、食っていけねえんだから」

酷いことを口にする者もいた。江戸が田舎者にとって厳しい場所だというのは、出てきてから身をもって知った。

しかし宇助は、それで野垂れ死んでしまう者とは考えられなかった。腕っぷしが強いだけではない。腹が据わっていて、悪知恵も働いた。それくらいでなければ、水呑百姓（びゃくしょう）の子どもは、いつも腹を空かせていなくてはならなかった。

どこかから奪ってきた食い物を、おはると広助は貰って空腹を凌（しの）いだ。

「兄ちゃんはしぶとい」

だから江戸で生きていると信じて疑わない。何を言われても気にはしなかった。問いかけをしていれば、ずいぶん酷いことを言われた。

「知っているぜ」

とでたらめな場所を言われたこともあった。遠いところだったが行って、「いない」と追い返された。

「知りたければ銭を寄こせ」

と手を出す者もいた。狡（ずる）いやつ卑怯なやつは、どこにもいた。

杖代わりの棒を摑んでいても、歩いていれば体はぐらつく。全身の痛みもあるからだが、おはるは病の床にあって、一人で寝ているのだと思った。

「おいらよりも、辛いんだ」

全身の痛みが、かえって救いになった。

さらに何人かに訊いたところで、思いがけない反応があった。

「おめえ、上州出の宇助の弟だって」

尋ねた遊び人ふうの表情が変わった。

「へ、へえ」

「おれはあの野郎に、賭場で儲けた銭を奪われたんだ」

睨みつけられて、仰天した。

「まさかそんな」

「いや、間違いねえ。あいつも賭場にいて、おれが儲けたのを見ていたんだ」

「それで」

「賭場を出たところで、あいつの仲間が襲ってきやがった」

信じられない話だった。

「おめえ弟ならば、その銭を返せ」

真顔で言われた。

「ま、待ってくれ。そいつは、おれの兄貴じゃねえ」

上州出の宇助など、他にもいるだろう。

「うるせえ。おめえの面は、あの野郎によく似ている」

その言葉は、衝撃だった。確かに兄とはよく似ていると言われていた。男が口にしていることは、まんざら嘘ではないと感じた。

「その宇助という人は、どこにいるんだ」

「知らねえ。しばらく前までは顔を見たが、近頃は見かけねえ」

「このあたりからは、いなくなったということか」

「無宿者を集めて、好き勝手なことをしていたからな。このあたりの地廻りに睨まれて、いられなくなったんじゃねえか」

その言葉にも仰天した。

「い、いつのことで」

「半年以上も前だ」

胸が騒いだ。ただどうすることもできない。事実なら、すでに八つ小路にはいないことになる。

「いいから、おめえは銭を返しやがれ」

胸ぐらを摑まれた。

「そんな銭はねえ」

と広助は叫んだ。周りにいた者が、立ち止まって目を向けた。

遊び人ふうは、広助の懐(ふところ)に手を突っ込んだ。しかし銭などは鐚銭(びたせん)一枚さえ、持っていなかった。

「この野郎」

突き飛ばされた。周囲が騒ぎになっている。喜世から与えられた着物は古着でも、垢じみているわけではなかった。月代も剃ってもらった。

「物盗りだ」

という声が上がった。

「ああ、違いない」

野次馬が遠巻きに集まってくる。遊び人ふうは、それで手を離した。人ごみの中に、走り去っていった。

初めて、宇助らしい者の手掛かりを得たのだった。

六

「御普請奉行の跡部と岩槻屋の繋がりが、はっきりしました」

「さよう。しかしどのように繋がっているかは、まだ何も分かりませぬ」

源之助の言葉に、植村が返した。とはいえ岩槻屋で訊いても、何かが分かるとは思えなかった。不正があるならば隠すだけだろう。

二人は大島川の北の河岸道に立っている。料理屋美はまの前だ。川面を、材木を積んだ荷船が大川方面に進んでいった。

「落札をしそこなった玉洲屋ならば、もう少し細かいことが分かるのでは」

先日は玉洲屋の番頭弥之吉と話をしたが、洲崎の普請に関する入札では不正があったことをにおわせていた。

「行ってみましょう」

植村が応じて、二人は料理屋美はまのある蛤町から、玉洲屋のある大島町へ向かった。川沿いの近い場所だ。

「これは先日のお武家様」

店には弥之吉がいて、源之助と植村を覚えていた。傍には、主人の八十兵衛もいる。公儀の御用を受けてはいないが、職人の出入りなども多く、店には活気があった。

「繁盛しているようだな」

「大きな普請はありませんが、江戸には川と掘割がたくさんありますから、大小にかかわらず石垣の修復はございます」

源之助の問いかけに、弥之吉が答えた。玉洲屋は、それなりに修繕を受ける石屋だということが分かった。

貯えはだいぶあるらしい。だからこそ、公儀の仕事を受けて、さらに石屋としての格を上げ、商いの幅を大きくしようと考えているのだと察せられた。

玉洲屋にとって、その障壁になっているのが岩槻屋なのだと理解できた。

前は藩と名を告げて、洲崎の護岸修復について、高岡藩が御手伝普請をすることになった旨を伝えたが、今回は二人が藩主の近習であることにも触れた。

「それはそれは」

態度が微妙に変わった。八十兵衛と弥之吉が顔を見合わせた。

「どうぞ、お上がりくださいませ」

弥之吉が言った。店脇にある八畳の商談用らしい部屋へ通された。茶が運ばれた。

八十兵衛も加わって四人で向かい合った。

「当家では、御手伝普請に名を連ねる藩として、岩槻屋の落札に至る過程について知りたいと調べをおこなった」

「高額の金子を出す以上、入札は手続きに則ったものでなくてはならぬ」

源之助の言葉に、植村が続けた。前に弥之吉に問いかけたのも、その一環だと源之助は伝えた。

「なるほど。それで何か分かりましたので」

弥之吉は頷いた後で、慎重な目を向けてきた。源之助が応じる。

「まず番頭の吉兵衛だが、これは跡部家の用人石渡左之助を、呉服町新道の小料理屋梅乃屋で接待しているとのことだ」

「……………」

「御普請奉行の跡部弾正殿は、岩槻屋の主人澤五郎から、深川蛤町の料理屋美はまで饗応を受けていることも分かった」

「さようで」

弥之吉は、唾を呑み込んでから答えた。八十兵衛は、わずかだが身を乗り出して言った。

「よくお調べで」

源之助は、美はまに辿り着いた経緯を話した。

「商人が何もなくして、料理屋で饗応をするであろうか。用人までもが、小料理屋でもてなしを受けている」

「何もないわけがあるまい」

源之助に植村が続けた。接待は跡部が御普請奉行に就く前にはなかったことも伝えた。店の名まで挙げている。

「仰せの通りで」

「おかしいとは、考えておりました」

八十兵衛と弥之吉の目に、本気の色が宿ったのが分かった。洲崎の普請ではわずか二両の差で落札を逃した。しかしそれだけではなかった。

「昨年の秋のことでございます」

弥之吉と顔を見合わせた上で、八十兵衛が切り出した。

「神田上水の小日向一帯で、石垣の補修普請がありました」

「ほう」

源之助は初めて知った。おそらく植村も同じだろう。藩ではいろいろあったから、それどころではなかった。

「古くなった上水の白堀の修繕をしたのでございます」

江戸の町家は、入り江を埋め立てた場所が多い。もともと海べりにできた町だから、水質は悪かった。そこで江戸へ入った家康公は、上水道を引くことを命じた。慶長の頃（一五九六から一六一五年）に完成している。

井の頭池を源とし、関口、小石川を経て万年樋で神田川を渡り、神田や日本橋、京橋に飲料水を供給した。玉川上水と並ぶ、江戸の二大上水の一つとされた。

これら上水の修繕も、普請方の役目のうちだった。

「普請は三千四百両ほどのものでした」

「うちでは商いの多寡ではなく、ご公儀の御用を受けたいと考えておりました」

八十兵衛と弥之吉が続けた。

「入札に加わったわけだな」

源之助が、問いかけをしてゆく。

「はい。洲崎のときと同じように、損にならないぎりぎりの数字で申し入れをいたしました」

「それも岩槻屋が取ったわけか」

「さようでございます」

「僅差だったのだな」

「はい。五両の違いでございました」

八十兵衛は、無念の口ぶりだった。

「二度にわたってそういうことがあると、おかしいと考えます」

他の業者に訊くと、同じようなことがあったとか。

「玉洲屋では跡部殿や用人の石渡に、饗応などをしたのであろうか。高額の金子や進物を渡したのか」

「いたしてはおりません。白絹三反を持ってご挨拶に伺っただけです」

それならば、賄賂になどならない。手土産といったところだ。ただ受ける方からしたら、玉洲屋は相手にもならないだろう。

「事実ならば、腹立たしい限りでございます」

「まことに。ご公儀の普請に、そのようなことがあるのは許せません」

八十兵衛の言葉に弥之吉が続けた。

「怪しいが、確証はない」

「はあ」

「ただ当家にしても、そのような不正が潜んでいる中で、高額な金子を御手伝普請に出すのは腹に据えかねる」

「さようでございましょう」

八十兵衛はここでわずかに考えるふうを見せてから、「ご無礼でございますが」とした上で問いかけてきた。

「入札した当初から普請の範囲が狭まり、しめて五千八百両の御手伝となるとの噂を聞きましたが、井上様ではいかほどをお出しになるので」

「七百二十五両だ」

調べれば分かることだと思ったので、源之助は隠さなかった。

「高額でございますね」

「うむ。御手伝普請としてなされたものでは、もっと大きなものはいくらでもあった。しかし当家としては、御家の存続に関わるほどの金高だ」

当たり前のように、源之助の口から出た。

「ご用意はできましたので」

微かに怯えるような、しかし商人らしい、したたかな眼差しにも感じた。

「二百両足りない」

正直に話した。見栄を張っている余裕はない。

「ちと、席を外させていただきます」

ここで八十兵衛と弥之吉が、部屋から出て行った。少しして、新しい茶が運ばれた。饅頭が添えてあった。

待たされたのは、長い間ではなかった。部屋に戻った二人は座り直して、八十兵衛の方が口を開いた。

「跡部様と岩槻屋の不正を、明らかにしていただけますでしょうか」

「もちろん、そうしたいと思っている。ただ難しい」

「明らかにしていただけたら、私どもで御手伝普請に足りない二百両のうち、半分の百両を出させていただきます」

きっぱりとした口ぶりだった。

「ええ、まことか」

仰天した。源之助だけでなく、植村も声を上げていた。

「これは商いでございます。商人に、二言はございません」

「ううむ」

取引だと言っている。

「不正が明らかになれば、跡部様は失脚、岩槻屋が請けることはなくなります」

「当然の話だ」

「そうなった場合、次に低い値をつけたうちが承（うけたまわ）ることになります」

「なるほど」

「先々のことを考えれば、百両は決して高くはありません」

「当家にしてみれば、大きいぞ」

「私どもも、覚悟を持って当たるつもりでございます」

八十兵衛も弥之吉も、真剣な眼差しだ。

「あい分かった。我が殿に、申し上げよう」

興奮を抑えながら、源之助は言った。小躍りしたいほどの気持ちだった。

第四章　目尻の黒子

一

正紀は杉尾や橋本と、高岡河岸を使う商家や船問屋を廻った。

「あそこは、北浦(きたうら)や霞(かすみ)ヶ浦(うら)、小貝(こかい)川や鬼怒川にも出られる、便利な場所でございます。荷の中継地としては適しております」

河岸場の価値を認める者は多かったが、こちらの求める値や条件で引き取ろうという者はいなかった。足元を見る者もいれば、金子を用立てられない者もいた。

河岸場は高岡藩にとって貴重な場所なので、安価では納屋は手放せない。そもそも手放すことで足りない二百両を賄(まかな)えなければ、意味がなかった。

他に金子を得る手立てはない。この日の首尾(しゅび)を佐名木や井尻に伝えた。

「ならばどういたしましょう」

井尻はため息を吐いた。顔色もよくない。

勘定方としては堅実な男で、高岡藩にはなくてはならない者だが、急場を凌ぐ新たな発想はできなかった。追いつめられると委縮してしまう。

そこへ源之助と植村が、興奮した様子で戻ってきた。

「申し上げます」

よい話なのは、二人を見ていれば分かった。佐名木や井尻も、息を呑んで二人を見つめた。

「岩槻屋の用心棒磯嶋を調べる中で、深川蛤町の料理屋が浮かび、そこで御普請奉行の跡部と岩槻屋の繋がりが、はっきりいたしました」

源之助が、その顚末を伝えてきた。それだけでも、充分な働きだった。

「なるほど、怪しいと思わざるを得ないな」

正紀が返した。

「さらに、玉洲屋へ参りました」

植村が続けた。玉洲屋の八十兵衛や弥之吉と交わした内容について、告げてきた。

予想もしない内容だった。

「で、では。確たる証を摑んだら、玉洲屋は百両を出すと申したのだな」

井尻が、真っ先に声を上げた。目を輝かせ、それまでの萎れた姿とはまったく別物だった。

「さようでございます」

源之助が満足そうに答えた。

「しかしな、喜ぶのはまだ早いぞ」

と口にしたのは佐名木だ。

「いかにも。容易くは、尻尾を見せまい」

正紀も続けた。ここまで調べをし、玉洲屋と話をつけたのは上出来だった。それを認めた上での言葉である。

「まさしく」

それは源之助も植村も、よく分かっているらしかった。

「しかし玉洲屋も、気張りましたな。確かに跡部や岩槻屋が消えれば、普請を請け負えるわけですから張り込んだのかもしれませぬが」

すべてに算盤ずくの、井尻らしい言葉だった。

「しかも明らかにできなければ、一文も出さないわけですから」

と言い足した。

「まずはこれに当たらなくてはなりますまい」

「うむ。どこから当たるかだな」

佐名木の言葉に、正紀が応じた。直参の人物や暮らしぶりについては、武鑑(ぶかん)に記載されている程度のことしか分からない。

そこで情報通の兄の睦群に、尋ねてみることにした。家臣を走らせると、暮れ六つ以降ならばよいと返事があったので出向くことにした。

「そうか、跡部弾正と御用を受ける岩槻屋が繋がったか」

正紀の話を聞いた睦群は、まずそう口にした。睦群は尾張徳川家の付家老だから、大名情報には詳しい。しかしそれだけではなかった。周到な宗睦は、公儀の主な役目の者についても、情報を掌握(しょうあく)できるように手を打っていた。

「跡部と申す者は、何かいわれがある者なのでしょうか」

「何かをしたわけではない。やり手で、普請奉行のお役に就いた折には、宗睦様のところにも挨拶に来ていた」

「抜かりのない者ですね」

「うむ。今の役に就く前は、駿府御定番であった」

遠国勤め(おんごくづとめ)で、千石高、役料七百俵を受けていた。

「では御普請奉行への就任は、出世だったわけですね」

「うむ。あやつが駿府にいた間も、用人の何某(なにがし)という者が江戸に残って猟官に励んだようだ。用人も、使える者らしい」

石渡左之助のことを言っていた。

「では、さらなる出世を狙っていそうですね」

「それはあるだろう。御普請奉行で満足はしていまい」

「では、ますます金子が要るわけですね」

「もちろんだ。必要な額も、大きくなるだろう」

そう言ってから、睦群は口元に嗤(わら)いを浮かべた。

「石垣の普請には大きな金子が動く。岩槻屋がいかなる者かは知らぬが、互いに美味い汁を吸おうとしているやもしれぬ」

「気合を入れて当たりまする」

「うむ、百両は大きい。どこから手をつけるつもりか」

河岸場の納屋のような、藩のかけがえのない建物を売り渡すわけではなかった。

「まずは、入札の仕組みを調べまする」

「それでよかろう」

ここで睦群は手を叩いた。家臣がうやうやしく、三方を捧げ持ってきた。

「これをやろう。調べに使うがいい」

五匁銀が十二枚（一両分）載っていた。大名がくれる金子としては少ないが、普段は吝い兄である。

魂消たが、それくらい高岡藩が危機にあることは分かっているらしかった。

「ありがたく」

懐に納めた。

二

翌朝になって、清三郎の容態がいく分よくなってきた。乳を戻すことが少なくなった。泣き声にも、力が出てきた。

「まだ気を緩めることはできませぬが」

よい方向へ向かい始めていると、藩医の辻村が言った。

「そうか」

聞いた正紀はほっとしたが、京はそれで安堵した様子ではなかった。

「まだ分かりませぬ」

臆病になっている。ほっとした顔は見せなかった。

「そうだな。もう少し、様子を見なくてはなるまい」

京の不安と怯えを、正紀は受け入れる。昨日は京の侍女が、井上家の菩提寺丸山浄心寺へ代参に行ってきた。

「今日も、参らせます」

代参の御利益があったのならば幸いなことだ。

少しの間、正紀は孝姫の相手をしてやる。孝姫はあまり母親にかまってもらえないので、ぐずつき気味だった。

「よしよし。孝姫は、姉上だからな」

目を合わせて話してやる。どこまで理解できるかは分からない。離れようとすると、わあと泣いた。

何とかなだめてから、子どもの部屋を出た。

それから正紀は源之助と植村を伴って、今日も玉洲屋へ出向いた。確かめておきたいことがあった。

玉洲屋から得られる百両でも、まだ足りない。杉尾と橋本には、引き続き金策に当たらせる。

「どうぞ、どのようなことでもお尋ねくださいませ」

訪ねると、店にいた弥之吉が応じた。藩主である正紀が現れたことに、恐縮していた。

「入札の段取りを聞きたい」

「お安い御用でございます」

店横の八畳間で聞いた。

「普請が決まり、その内容が明らかになったところで、道三堀の定小屋(じょうごや)に高札(こうさつ)が立ちます」

「それを見て知るのだな」

「石屋は御普請方(おふしんかた)の御同心(ごどうしん)様などから、事前に聞くこともあります」

「なるほど」

そのために、日頃から同心とは親しくしていた。

「細かな仕様については、定小屋にある文書を検(あらた)めることができます」

石や人足がどれほど必要か、それで確かめて見積もりを取るのだとか。洲崎の洪水は八月にあったが、費用がどれほどかかるか調べなくてはならないので、入札が決まるのが十月になった。

御手伝普請をどこの藩にするかは、それらと並行して検討されていたことになる。

「入札の文書を出す期日も定められています。その日に手を挙げる商人は、金額を記して下奉行に差し出します」

もちろんその金高を記した文書には封をすると言い足した。

「普請方の役人にも、見られないようにするためだな」

「その通りにございます」

鍵のかかる箱に納められ、翌日まで定小屋内に保管をされる。もちろん、泊まり込みの警固(けいご)の者は複数人いた。

「外からは、人が入ることはできないな」

「さようでございます」

「しかし中の者は、箱に近づけるわけか」

と口にしたのは源之助だった。植村も頷いている。

「翌日、文書を出した者たちが集まったところで、封が切られます」

箱の錠前も、そこで開けられる。

「普請奉行や下奉行も立ち会うわけだな」

「さようで。御普請改役が封を切り、数字を読み上げます」

「そこで各店が出した金高が、はっきりするわけだな」

「一番安いところに決まります」

数両の違いで、洲崎だけでなく神田上水でも落札ができなかった。疑問はそこから起こっていた。

「不正があるとしたら、その事前に出した文書をいじることしかありません」

「できるのか」

「いえ、岩槻屋の者は触れることができません」

弥之吉は、そこに何かからくりがあると考えているらしかった。

「糊で貼った封ならば、火鉢や湯気に当てるなどすれば剝がせるのではないでしょうか」

思いついたとして、源之助が言った。

「それはありそうだ。見た後で、また貼っておけばいいだけですから」

植村の言葉に、正紀も頷いた。

「それができるのは、御普請方の面々だけだな」

「はい。御下奉行や御改役、御普請役、御同心といった方々です。もちろん、御奉行様もです」

ここまでは考えたことがあると、弥之吉は付け足した。

「しかし見ることができても、そこまでです。岩槻屋がすでに書いて出した額を、書き換えることはできませぬ」

源之助は不満顔だ。岩槻屋があらかじめ書いて出した額が玉洲屋が記したものより低ければいいが、たまたまそうなっていたとは考えにくい。まして二度とも数両だけの違いだった。

偶然ではないだろう。

「とりあえず金額の部分を空欄にして出し、深夜に見てから書き入れることもできたはずです」

「しかし筆跡が変わるのでは」

植村の推量に、源之助が返した。

「いや。似せて書くことはできるのでは。しょせん数字だけですしね」

譲らない様子で、植村が言った。配下に筆達者はいるだろう。

「それに箱の鍵のこともあるぞ」

正紀が言った。これも解決しなくてはならない疑問だ。

「鍵はどのように保管されているかですね」

源之助が訊いた。

「いやそれは」

玉洲屋ではまったく分からない。問いかけでもすれば、とんでもないことになる。

「ご公儀のなすことに、疑義があるのか」

と、逆に責められる。今後の商いがやりにくくなる。ここからは、御普請方でなくては分からないことだろう。

正紀は、源之助と植村を伴って、道三堀の御普請方の定小屋の前まで行った。中に入って問いかけてもいいが、そうなるとどこの藩の誰かを問われるだろう。今知られるのは、まずいと考えた。

様子を見ていて、出てきた同心らしい侍に源之助が声をかけた。

「卒爾ながら、お尋ねいたしたい」

丁寧な言い方にした。今尾藩士で今中太平という者だと偽名を使った。礼を尽くしているので、こちらを胡散臭い者と見る気配はなかった。入札について尋ねると、玉洲屋で耳にしたことと、おおむね同じ内容が返ってきた。そして入札の箱のことについても、源之助は尋ねた。

「なぜそのようなことを問われるのか」

「当家出入りの商人が、知りたいと申しておって」

「なるほど」

侍は納得したようだ。ただ箱の鍵について尋ねると、にわかに表情を硬くして返してきた。

「それについては、お答えができかね申す。秘事でござるゆえ」

「いや、ご無礼いたした」

当然の返答だった。名乗っていたとはいえ、初対面の者だ。ぺらぺら答えるようでは、ただの粗忽者(そこつもの)となるだろう。

路上で問いかけることはあきらめた。

三

広助はこの日も、中間らの手伝い仕事をした後で屋敷を出た。左足親指の骨折はあまり回復していないが、殴られ蹴られした痛みや腫れは、今日になっていく分引いてきた。

喜世から貰った軟膏は、よく効いている。

出かける前に、兄を捜したいということは喜世には伝えた。世話になっていると思うから、勝手にはしない。

「無茶はいけませんよ」

と念を押された。

上からの物言いだが、腹は立たない。むしろほっとする。ふっと姉のような気がするが、おはるとは顔も姿もまったく似ていなかった。きりりとした武家の女だ。

向かった先は八つ小路である。

宇助はそこで同じ無宿者を集めて好き勝手なことをし、半年ほど前に土地の地廻りに睨まれた。八つ小路にはいられなくなって離れたと聞いた。

もう少し、そのあたりの事情を調べてみようと思ったのである。

「今はどこかへ移っていても、その行き先を探る手掛かりが得られるかもしれない」

昼下がりの八つ小路は、賑やかだ。茶店の前を通ると、蒸籠(せいろ)から上がる饅頭(まんじゅう)の甘い湯気が鼻にまとわりついてきた。

生唾(なまつば)を呑み込んで通り過ぎた。

まずは小間物を商う屋台店の親仁に問いかけた。

「さあ、宇助という名は聞かないねえ」

親仁が八つ小路に店を出すようになったのは、四月前からだとか。

「ああ、そういえば上州無宿の宇助ってえのがいたね」

三人目で、覚えている者がいた。

「あいつ、一年くらい前にやって来て、いつの間にか無宿者の仲間を拵えていたっけ。頭みたいな感じでね」

天明の飢饉後、米をはじめとして物の値は上がった。今になって江戸の町はわずかに落ち着いたが、百姓の暮らしが楽になったわけではなかった。

不作が二、三年続けば、小作や水呑の次三男は居場所を失う。近頃は、無宿者が盛り場でたむろする姿が多くなった。広助もその一人だった。

「江戸にさえ行けば」

行く場所のない者はそう考える。縁者もいない江戸へ、村を捨てた者たちが身一つで出てくる。けれども容易く、暮らしの糧を得られるわけではなかった。

「どこに行ったか、分かりますかい」

「さあ。どこへ行こうと、知ったことじゃあないね。自分が食ってゆくのに、精いっぱいだよ」

たむろしている無宿者にも訊いた。無宿者は入れ替わりが多く、なかなか定着しない。六、七人目で、ようやく知っている者が現れた。

「そういえば、おめえによく似ている。あっちの方が、悪党面だが」

と言われた。昨日のことがあったので、今日は兄弟だとは告げていない。

「あんたも何かされたのか」

と訊いてみた。

「おれは一度、飯を食わせてもらったことがある」

どうりで昨日のように、憎しみの目は向けてこなかった。そのときは、二日くらい水しか飲んでいなかったので助かったとか。

「あいつは、地廻りの目を盗んで、金のありそうな若旦那ふうに絡んでいたっけ」

「賭場で儲けたやつを、襲ったと聞いたが」

「それくらいは、あるだろうよ。何しろおれたち無宿者は、まともなことじゃあ銭を稼げねえからな」

「それはそうだが」

広助も身に染みていた。だから重いので嫌がられる石運びをして稼いでいた。

「生まれ在所の話をしたことはなかったかね」

「在所に、弟だか妹だかがいるとは聞いたが」

詳しいことは分からない。出て行った先の見当もつかないと言われた。

広助はさらに聞き込みを続ける。五、六人くらいに訊けば、一人くらいは宇助を覚えていた。

地道に人足などをして食べていたのでないことは、はっきりした。けれどもそれくらいしなければ、無宿者は生きていけないのは分かっていた。

「どうせどこかの盛り場で、同じようなことをしているんじゃねえのかね」

と話す者がいた。なるほどと思った。

「そういえば、東両国（ひがしりょうごく）の広場で見かけたが」

屋台で唐辛子を売る親仁が言った。

「いつのことですかい」

「三、四か月くらい前だな」

江戸へ出てきてすぐの頃、広助は両国橋西袂（にしだもと）の広小路へ行った。しかし橋を渡って、東袂（ひがしだもと）の広場へは行かなかった。

「子分を連れて、いい顔って感じだったが」

早速両国橋を渡って、東袂の広場へ出た。こちらにも見世物小屋や屋台店、大道芸人がいて賑やかだったが、西袂の広場よりも雑駁な気がした。

ざっと見た印象では、こちらの方が、無宿者ふうが多かった。

聞き込みを始めようとしたところで、広場の一角から複数の者の怒声が上がった。

地廻りふうと無宿者ふうがそれぞれ十人くらいいて、何かやり合っている。

言葉は聞き取りにくいが、声はあたりに響いていた。

相手が地廻りふうでも、無宿者たちは怯んでいなかった。懐に手を押し込んでいる者もいた。匕首の柄でも握っているのか。

広助が目をやった時点では、一触即発といった様相だった。

「あの地廻りふうは、ここの親分さんの子分たちですか」

「そうだよ。無宿者たちも、このあたりでうろうろしているやつらだね」

こわ飯屋の親仁が、広助の問いかけに答えた。

「よくあるんですか、ああいうこと」

「たまにあるね。無宿者のやつら、人数が増えてきてのさばっているからね」

金のありそうな者に難癖をつけて、強請やたかりをするらしい。商いの品の、持ち逃げもあるとか。

「へえ、なるほど」

広助はどきりとした。八つ小路で、宇助がやっていたことだからだ。土地の地廻りも、持て余しているのかもしれない。

やり取りは、収まる様子がなかった。誰か一人でも手を出す者がいたら、乱闘になると思われた。

「あの無宿者たちの中に、宇助という人はいませんか」

「いるよ。あいつらの頭だよ」

このとき、これまで以上の怒声が上がった。乱闘が始まったのである。どちらかが、手を出したらしかった。

そうなったら止まらない。男たちが入り乱れていた。抜き身の匕首を手にしている者もいた。

広助は、その一人一人に目をやった。

「あっ」

それらしい体つきの男がいた。顔つきも忘れはしない。地廻りふうを殴り飛ばしたところだった。

とはいえ確認はできない。だいぶ離れていた。広助は、躊躇(ためら)いながらも騒動に近づいた。

このときばらばらと足音がして、新手の男たちが現れた。十人近くいた。

「おお、来やがったぞ」

地廻りの他の子分たちが駆けつけてきたのだ。こうなると分が悪い。

「逃げろ」

無宿者たちの中から声が上がった。

それからの無宿者たちの動きは速かった。散り散りになって、この場から駆け出していった。屋台や人をかき分けながらだ。

「わあっ」

突き飛ばされた者もいる。

宇助だと思った男の姿も、あっという間に見えなくなった。

「あの無宿者たちは、どこで寝泊まりをしているのでしょうか」

「さあ。橋の下あたりじゃないかい」

覗いてみると、物貰いのような男が数人いた。しかし地廻りに歯向かうような気概のありそうな者は見当たらなかった。

何人かに尋ねたが、宇助らの住まいは分からない。

「あいつらは、何日かに一度姿を現して、ひと稼ぎしてゆくのさ」

次にいつ来るかは分からない。確認はできないが、あの集団の頭が兄の宇助だと広助は考えた。

「生きていて、このあたりにいる」

そう考えると、喜びは大きかった。

四

御普請方（おふしんかた）の定小屋の前を離れた正紀は、源之助と植村を伴って、本郷（ほんごう）にある四千石の旗本永野武右衛門（ながののぶえもん）の屋敷を訪ねた。尾張一門の旗本で、御書院御番頭（ごしょいんごばんがしら）を務める者だった。

正紀は、尾張藩の上屋敷で何度も顔を合わせている。清三郎が生まれたときには、祝いの品が贈られてきた。

本人に会えればそれが一番だが、出仕をしていたら顔見知りの用人と話をするつもりだった。

永野は二年前まで、御作事（おさくじ）奉行をしていた。御作事方（おさくじかた）の定小屋は御普請方の隣である。役務が重なることもあるはずなので、御普請奉行配下の者で跡部と距離を置いている者を紹介してもらおうと考えたのだった。

永野は登城をしていたが、用人とは会えた。

「これは、わざわざのお越し」

驚く用人に、正紀は来意を伝えた。御手伝普請にまつわる詳しい事情は伝えない。後日、当主のもとへ佐名木が挨拶に来ることとした。

一門なので、初めから好意的だった。

「御普請方とは、常に打ち合わせをしておりましたので存じ寄りの方がありまする」

教えてくれたのは、持高勤めで役扶持三人扶持の御普請役を務める添田という人物だった。

「当家の名を出せば、詳細を話すと存じまする」

それから再び、道三橋際の御普請奉行の定小屋まで戻った。門番のところへ行き、源之助が御普請役の添田に来意を伝えた。

もちろん、永野の名も言い添えてのことだ。

待つほどもなく、添田が現れた。高岡藩の者だとは告げたが、藩主だとは伝えていない。ただ永野家の紹介なので、添田は丁寧に頭を下げた。

入口脇の六畳ほどの小部屋で向き合った。

「洲崎の護岸修復の御手伝普請について、入札にまつわる詳細をお伺いいたしたい」

源之助が頭を下げながら言った。

「お安い御用でござる」

先ほど門前で耳にした話をもう一度聞いた。前と異なる点はなかったから、入札の流れは正しく摑めたと思った。

となると書類を入れた箱の鍵が、どうなっているかが問題だと考えられた。

「その箱の鍵は、どなたがお持ちなのでしょうか」

「御奉行と下奉行が、一本ずつお持ちでござる」

「他には」

「ありませぬ」

「ならば納められた文書の中を、翌日までに検めることができるのは、そのお二人だけとなりますな」

「そうです」

ということは、その二人ならば文書に細工ができたことになる。下奉行は二人いるが、洲崎の普請に関わっているのは一人だけだった。鍵を持っているのはその一人となる。

「つかぬことを伺うが、洲崎の入札を決める前日、奉行の跡部殿と下奉行はいかがなされたのでしょうか」

「夕刻前には、お屋敷に戻られたと存ずるが」

添田は首を傾げた後で、口にした。思い出すのに多少手間取ったが、間違いないと告げた。

それならば、文書に細工はできなかった。

「当夜に泊まり番をしたのは」

「御普請役と御普請方同心の二名でござる」

「誰か、分かるでしょうか」

源之助は念を押すように言った。

「お待ちくだされ」

添田は席を外した。御普請役と同心が組んで、二人ずつ交代でおこなう。誰が泊まり番だったか、日誌に記載があるとか。

さして間を置かず、日誌を手に戻ってきた。

「その日の泊まり番は、御普請役の豊原安兵衛と同心の染川平左でした」

どちらも、跡部が目をかけている者だとか。豊原は三十九歳で、染川は二十八歳だそうな。

暮れ六つ前には門を閉じ、門番は引き上げる。定小屋に残るのは、二人の泊まり番だ。

「におい ますね」

植村が、囁(ささや)いた。ただそうなると、豊原や染川に問いかけても、都合の悪いことは話さぬだろう。

「その泊まり番は、前から決まっていたのでしょうか」

「いや、そうではなかったと存じます」

添田は首を捻(ひね)って答えた。

「前日に、御奉行が命じたと聞きまする」

そういうことは、たまにあるそうな。

添田が日誌を戻しに行っている間に、正紀は源之助や植村と話をした。

「御普請役の豊原もしくは同心の染川が、鍵を預かって書き換えをしたのでしょうか」

それならば、犯行は可能だ。

「下役に任せるであろうか」

正紀が気になるのはそこだった。高額の金子が動くのは間違いないが、下手をすれば腹を切るはめになる。

それだけでは済まない。御家断絶もないとはいえなかった。

「では誰が」

「用人の石渡ならば、任せられるのでは」

源之助の問いに、植村が答えた。

添田が戻ってきたところで、源之助が尋ねた。

「石渡殿は、夜間定小屋に入れるのでござろうか」

「もちろん。定小屋内で、あの御仁を知らぬ者はございませぬ」

「では入札前夜、やって来ているのでは」

源之助は興奮を抑える面持ちで尋ねていた。

「来ていれば、日誌に記されます」

「いかがでしょう」

「記述は、ありませんでした」

あれば、書いてある。泊まり番は、記載の義務がある。

「さ、さようか」

源之助は肩を落とした。

「いや、記入しなかったのでしょう」

「そうだな。記録に残るようなことはいたすまい」

植村に続いて、正紀が言った。記載の義務がありながらしなかったとなれば、不正に加担していたことになる。

さらに正紀が問いかけた。

「神田上水の入札があった前夜の泊まり番は、誰だったのか」

添田は、改めて日誌を確かめてきた。

「豊原安兵衛と染川平左でした」

聞いていた三人は顔を見合わせた。

「二人とも、一夜寝ずの番をするのでしょうか」

「いや。二人の泊まり番は交代で、数刻仮眠をとることができまする」

源之助の問いかけに、添田が答えた。

「どちらかが寝ている間に、鼻薬（はなぐすり）を利かされた一人が、石渡を入れたわけだな」

「まさしく。二人とも仲間に引き入れることは考えられませぬゆえ」

正紀の言葉に源之助が答え、植村が頷いた。

五

東両国の広場は、一時乱闘で騒然とした。しかしすぐに、何事もなかったような状態に戻っていた。

ただ土手などや周辺では、地廻りの子分たちが、争った無宿者たちの残党がいないか捜していた。橋の下の物貰いの小屋や物置小屋、見世物小屋の中なども一つ一つ当たっていた。

逃げ損ねた者がいたら捕らえて痛い目に遭わせ、見せしめにしようという腹なのだろう。捕らえた者から、一味の隠れ家を喋らせようという考えがあるのかもしれない。

広助も、広場や橋の下の土手などに目をやった。出会えるならば捜して、宇助のことを訊きたい。

「おや」

欄干(らんかん)から下を見ていると、小屋の陰に人が隠れているのが見えた。無宿者の逃げ遅れた者だと察しがついた。

近くに船着場があって、そこには空舟が舫ってある。そこへ逃げ込もうとしているらしいが、地廻りの子分たちがいるからその場に移れない。

よく見ると、乱闘で左足を怪我したらしく、引きずるような歩き方をしていた。広助の左足の親指も完治はしておらず、歩くのに多少の不便はあるが、前ほどではなくなっていた。とはいえ杖代わりの棒は、手から離せない。しかし逃げ遅れた男は、広助よりも明らかに動きが鈍かった。

指ではなく、足のどこかの骨を折ったたか、ひびが入っているかのように見えた。広助は橋の上から、下の土手へ下りた。土手は石が転がっているので、気をつけて進んだ。

そのとき、声が上がった。

「いたぞ」

数人が、隠れていた男のところへ駆け寄ってくる。男は船着場へ近づこうとしているが、負傷で駆け寄ることができない。それでも痛みを堪えながら、舫ってある舟に近づこうとしていた。舟で逃げる算段だ。

船着場まで辿り着いたところで、地廻りの一人に襟首を摑まれた。こうなると、抗うこともできない。されるがままだ。

広助は石を拾って、力の限り地廻りに投げつけた。

「ううっ」

びゅうと飛んだ石は見事に二の腕に当たって、手が襟首から離れた。広助は、次の石も投げた。これは肩に当たった。

「急げ」

叫んだ。男は這うように舟に乗り込んだ。他の子分たちが、そこまで駆け寄ってきている。

広助も舟に乗った。すぐさま艫綱（ともづな）を外し、艪（ろ）を握った。

舟が水面（みなも）を滑り出たところで、子分たちが駆けつけた。

他に、舫ってある舟はなかった。

「待ちやがれ」

背後から声がかかったが、船首が向いていた川上方面へ進んだ。広助の足の指には痛みがあったが、男は漕げない。立ち上がるのがやっとらしい。

広助が、艪を握り続けた。

「もう、大丈夫だ」

向こう岸に、御米蔵（おこめぐら）の建物が並んでいる。そこまで来て広助は言った。川面に荷船の姿を見かけるが、追ってくる舟はなかった。

「おかげで、助かったぜ」

男が掠れた声で言った。足の痛みはあるらしい。顔は青ざめて、額に脂汗が浮かんでいた。

「どこへ行ったらいいのかね」

広助は男に声をかけた。無宿者たちの隠れ家があるならば、そこへ行くのだと思った。

「上流の、小梅村だ」

行ったことはないが、地名を聞いた覚えはあった。大川橋のさらに上流だ。

「そこに仲間がいるわけだな」

「そうだ」

「仲間に、上州出の宇助ってえ男がいるんじゃねえかね」

問いかけてみた。少し緊張した。すると男の顔が、厳しいものになった。

「おめえ、何者だ」

「おれは広助といって、上州多胡郡の矢田村というところから出てきたもんだ。宇助ってえ兄貴がいる」

「ほう」

「ずっと、捜していたんだ」

「なるほど、似ているじゃねえか。じゃあおれと一緒に、行ってみればいい」

顔を改めて見直してから言った。警戒する気配は消えていた。鄙びた場所にある船着場で降りると、少し行った先に粗末な小屋があった。

男には、肩を貸してやる。小屋の傍まで寄ると、七、八人の男が出てきた。その中に、身なりのいい男がいた。その顔に、見覚えがあった。

「兄ちゃん」

広助は、声を上げて歩み寄った。

「おめえは」

一瞬、誰だという表情をしたが、すぐに分かったらしかった。

「広助だな。どうしてここへ」

「捜したんだよ」

泣きそうになるのを必死に堪えた。泣いたら、叱られるような気がした。

「男は簡単に泣くんじゃねえ」

幼い頃から、そう告げられていた。

土手に並んで座って、話をした。両親はすでに亡くなって、村には己だけが残ったこと。村は不作続きで、水呑では食えないので半年前に江戸へ出てきたことなどだ。

「それから、おれを捜していたのか」

「食うので精いっぱいだったけど、仕事がねえ日もあったから。そういうときは、いろいろな盛り場へ行ったんだ。そういうところにいると思ったから」

また涙が出そうになったが、これも堪えた。宇助は表情を変えずに聞いていたが、ここで問いかけをしてきた。

「おはるは、どうしたんだ」

「女衒に連れられて、江戸へ出た」

気になったらしかった。

「いつだ」

「三年前だよ」

「そうか」

驚いた顔ではなかった。ただ奥歯を嚙みしめ目を細めた。

「どこにいるのか分かっているのか」

「顔を見て確かめたわけじゃねえけど」

浅草どぶ店の女郎屋花嵜で、病で寝込んでいることを伝えた。自分が今、高岡藩邸で世話になっていること、そうなるに至った顚末も話した。さらに藩士が、どぶ店の花嵜まで訊きに行ってくれたことなどを話した。

「ならば、間違いねえだろう」

「養生をさせているって、言ったらしいけど」

十一両を出せと告げられた話もした。

「ふん、どうせ強欲な楼主なんだろう。少し前までは、客を取らせていたというんだからな」

「そうだね」

「養生なんて、させているわけがねえ」

「よほど、重いんだろうか」

「今は、見世に出していねえんだな」

「そう聞いているけど」

「ならば、そうとう悪い。休ませているわけじゃねえ」

「どうして、そんなことが分かるんだい」

「楼主はな、女郎なんて銭を拵える道具だとしか考えていねえ。吉原のよほどいいところの女ならともかく、そうじゃなければ無駄な銭は鐚一文(びたいちもん)もかけねえ」

「………」

「血を吐くまで客を取らせて、後は死ぬのを待つだけだ」

「じゃ今は」

「よくて布団部屋か、下手をすれば物置にでも寝かされているんだろう」

十一月の夜は冷える。しかしどうにもならないと告げられたような気がした。

「姉ちゃんは、そんなふうにして一生を終えるのか」

堪えようとするが、涙が溢れ出た。

「助けられねえのか、兄ちゃん。十一両、ねえのか」

四年ぶりに会った兄だ。今の暮らしぶりなど見当もつかないが、助けを求められる相手は他にいなかった。

「銭なんざねえ」

宇助は、きっぱりと答えた。

六

御普請方の定小屋へ、夜間に石渡を入れることができたのは御普請役の豊原と同心の染川だった。正紀は、源之助や植村と共に、御普請役の添田から二人について話を聞いていた。

「どちらも跡部様のお指図には、よく従います」

添田は言ったが、それは当然だった。

「二人とも役目は、無難にこなします」

「暮らしぶりは、どうであろうか」

「物の値は上がっておりますので、どこも楽ではありませぬ。ただ、困っているようには見えませぬ」

と添田は話した。出世欲が強いかどうかは分からない。ただ出世をして、家禄を増やしたいとは誰でも思うだろう。

考えられることは、すべて尋ねた。御普請方の定小屋を出て、気になる二人について、それぞれ当たろうという話になった。豊原は源之助が、染川は植村が調べることにした。

豊原は今日は非番で、出てきていない。屋敷は小石川白山御殿跡(はくさんごてんあと)だというので、源之助はそちらへ向かうことにした。

染川は出仕しているというので、植村が出てくるのを待つ。正紀は、高岡藩上屋敷へ戻ることにした。

豊原の屋敷は、小石川養生所(ようじょうしょ)に近いあたりだ。

武家地を歩いて行くと、源之助の足元に枯れ落ち葉が舞って絡まった。日が雲に隠れると、肌寒くなってくる。

源之助は、豊原の屋敷を確かめた。百坪に満たない敷地で、古い建物だ。狭い庭では野菜を拵(こしら)えていた。

数軒離れたところで、門前を掃く隠居ふうの老侍がいたので、豊原家の暮らしぶりについて訊いた。

「なぜそのようなことを尋ねるのか」

と返されて、だいぶ慌てた。

「ちと、金銭にまつわる悶着(もんちゃく)がござって」

思いついたことを口にした。どう受け取ったかは分からないが、問いかけには答えた。

「つましくやっているようだが、それはどこも同じであろう」

贅沢をしている気配はないが、傘張りや金魚を育てるなどの内職をしているわけではなかった。五歳を頭に二人の子どもがいるという。これについては、添田からもすでに聞いていた。

「病の者などは」

「それは聞かぬが」

近所付き合いは悪くない。出入りの札差が浅草森田町の大松屋だと知っていたので、蔵前にも足を延ばした。

そこで手代に小銭を渡して問いかけた。金子は、正紀から聞き取りのために使えと受け取っていた。

「ご融通はしていますが、金高は嵩んではいないと思いますが」

「ではまだ借りられるわけだな」

「借りるどころか、毎月少しずつご返済いただいています」

豊原は、金に困っているとは考えられなかった。堅実に暮らしている。危ないことに、手を貸しているようには感じられなかった。

植村は、染川が定小屋から出てくるのを待った。顔は、同心詰所にいるところを確かめた。添田に教えられたのである。

早番なので、夕刻前に勤めは終わるそうな。

染川には女児がいたが、半年前に亡くなったと聞いた。流行り風邪を拗らせたのだと、添田から聞いた。

「あやつは酒好きだ」

とも添田は言っていた。

つけて行くと、染川は煮売り酒屋へ立ち寄った。見ると一合の酒を注文した。そこで植村も店に入って、五合の酒を注文した。染川は店の婆さんと、大黒祭の話をしていた。店では馴染みらしい。

十一月の甲子の日は、二股大根や赤豆飯などを供えて祀り、福徳を祈る行事がおこなわれる。甲子の日は一年に六回あるので六甲子と称した。

植村もそれに加わり、三人で話した。

「まあ、飲まれよ」

染川の酒がなくなったので、植村は買った酒を勧めた。植村は下戸（げこ）ではないが、進んで飲みたいとは思わない。

「かたじけない」

煮しめも取ってやった。ここで染川は、七五三の話をした。

「拙者には七歳になる娘がいた。帯解き（おびと）の祝いをするはずだったができなくなった。亡くしたのでな」

「それは辛かったでしょうな。病でござるか」

「さよう。医者の費え（つい）がかかり申した」

なるほど、それで悪事に手を染めたのかと植村は考えた。

「お近くには、五歳の袴着（はかまぎ）をなさる方もおいでてござろう」

豊原のことを頭に浮かべて、ついでのつもりで話題にした。

「おお。上のお役で、五歳の跡取りがおいでになる方がいる。お祝いを差し上げ申した」

酒が入るにつれて、染川は饒舌（じょうぜつ）になる。

「何よりでしたな」

「その御仁は、御奉行からも祝いの品を受け取っていた」

「何でござろう」

「見事な脇差でござった」

皆の見ている前で与えたのではない。貰ったということを、豊原が染川にだけ伝えたのである。今月になってからのことだ。

「御奉行様は、誰にでもそのようなことをするのでござるか」

「取り立ててのことですな。誰にでもするわけではござらぬ」

羨(うらや)ましそうに言った。植村は続けて酒を注いでやる。

「酒がお好きのようでござるが、よく飲まれるのか」

「まあな。これはやめられぬ」

「物入りですな」

冗談めかして返した。

「まあ、多少の実入りがござる」

染川は満足そうに言った。

「何でござろう」

「それは言えぬ」

悪事に加担しているという気持ちがあったら、口は割らないだろう。

七

宇助の言葉を聞いて、広助は涙が止まらなくなった。話を聞いていて、おはるはそうとう悪いのだと見当がついた。

「それこそ、いつ亡くなってもおかしくないといった様子じゃないか」

「ああ、覚悟はしておけ。泣いても、仕方がねえことだ」

怒鳴られるかと思ったが、それはなかった。広助には、楼主やおかみを責める気持ちもあった。

「じゃあ、どうすればいいんだ。放っておくのかい」

「そうは言わねえ」

宇助は立ち上がった。

「まずは、確かめようじゃねえか」

と続けた。おはるだと、決まったわけではない。

「どうやって」

「顔を見るのさ」

広助を外に待たせて、宇助は小屋の中へ入った。中の男たちに、何か話をしていた。

そして二人の男が出て行った。船着場へ行って、舫ってあった舟に乗り込んだ。

「まあ、中に入れ」

そこで広助は、宇助から告げられた。

「こいつは、おれの弟だ」

「へえ」

宇助は紹介をした。居合わせた男たちは頭を下げた。

「腹は、減っていねえか」

「まあ」

朝飯は、済ませていた。小屋の中には七輪があって、餅を焼いていた。

「食え」

宇助が言った。餅の焼けた香ばしいにおいが漂っている。生まれ在所にいたときは、餅なんて何年かに一度、正月に食べるだけだった。

「へえ」

焼けた餅に、醤油をつけて食べた。

「こんなに美味いものが、この世にあったのか」

と思わず漏らしていた。

「そうか」

宇助は、満足そうだった。余計なことは口にしないが、弟の自分をもてなしたのだと広助は受け取った。

一刻半(三時間)ほどして薄暗くなった頃、先ほど舟で出て行った二人が戻ってきた。

「確かに花嵜には、病の女が寝込んでいるようです」

どぶ店へ行って、おはるについて聞き込んできたのだ。椿という女は、歳は二十歳で上州出だとか。右の目尻の下に黒子(ほくろ)があると聞いてきた。

「どこに寝かされているんだ」

宇助は、そこを気にしていた。

「店の裏手の、物置小屋だそうで」

子分は、花嵜の下男に銭を握らせて聞いてきた。広助や源之助よりも世慣れている。

「そうか。やはりそんなところに、寝かせていやがったのか」

初めて、怒りの表情を見せた。

「じゃあ、行こうじゃねえか」

　宇助が言った。

「確かめるんだね」

「そうだ」

　広助の言葉に頷いた。

「会わせてくれるだろうか」

「正面から頼んだら、十一両を寄こせと言うだけだ。もっと吹っかけるかもしれねえ。あいつら、鬼畜だからな」

「じゃあ、どうやって」

「そっと入り込んで覗くのさ」

「できるのかい。そんなこと」

　どきりとした。考えもしなかったことだ。

「下男には、銭を多めにやった。夜見世が始まったら、楼主やおかみ、見世の者たちは、客の入りの方が気になるはずだ」

「病人のことなど、気にしないわけだね」

「そうだ。確かめておはるならば、おれたちで運び出す。もちろん、おめえも一緒だ」

「もし気づかれたら」

「そのときは、争うのさ」

宇助は、懐に手を入れた。手垢の染みついた匕首の柄が見えた。

「病のことを考えたら、ときを置く暇はねえかもしれねえ」

「違いない」

「どうせあいつらは、おはるのためには何もしねえ。だったら、かっさらった方がいいんだ」

「そうだね。生きるか死ぬかの瀬戸際に、銭なんてどうでもいい」

広助は頷いた。腹に、力が湧いてきた。やはり宇助はすごいと思った。

「行くぞ」

「おおっ」

宇助を先頭に、広助を交えた十数人が浅草どぶ店へ向かった。

どぶ店に着いた頃には、日が落ちていた。

女郎屋街では、夜見世が始まって、女たちの客を呼ぶ声が響いていた。やり取りをする男の声も、聞こえてくる。

明るいうちは色褪せて貧弱に見えた軒下の雪洞が、板の間に置かれた燭台の明かりと重なって、厚化粧をした女たちを艶やかに照らしていた。

　昼間広助が問いかけたときには、冷ややかな目を向けた女が、通り過ぎる客に甘えた声で呼びかけている。客と言葉を交わして、話がまとまったらしい。

　男が見世に入ると、女は格子のある張見世から、入口に迎えに出た。男の腕にしがみついた。

「こっちだ」

　広助らは、夜陰に紛れて花嵜の建物の裏手に回った。前に聞き込みに来た者が、案内をした。

　建物と建物の間は狭い上に真っ暗で、人の姿を隠してしまう。妓楼の裏手へ回るのは容易かった。

　裏木戸には、閂はかかっていなかった。下男に渡した銭が、効き目を発揮していた。表の喧騒があるから、木戸の軋み音など誰も気づかない。

　そのまま入り込んだ。母屋の裏手では、丸に近い月が物置小屋の戸を照らしていた。

　広助は宇助と目を合わせると、その戸をゆっくりと開いた。しんとしている。人の気配は感じなかった。わずかにかび臭い。

　中へ入ったところで、持ってきた携帯用の提灯に明かりを灯した。土間で、建物の中でもどこからか隙間風が入り込んでくる。

その隅に戸板が置かれ、寝床があるのが分かった。人が寝ている。その様を見て、広助は息を呑んだ。病人を寝かせておく場所ではない。

宇助の言った通りだと思った。

目を凝らした。初めに見たときには、男か女か分からなかった。近寄って、提灯で顔を照らした。女だった。痩せて土気色をした顔である。

それでも面影に見覚えがあった。右の目尻の下には、黒子もある。

「姉ちゃん」

顔を近づけた広助が言った。耳元で三度呼んで、ようやくおはるは目を覚ました。向けてきたのは、力のない目だった。

「おれだよ。広助だよ」

言われても、すぐには言葉の意味が分からないらしかった。これも三度告げて、意味が分かったらしかった。

「ええっ」

驚きの表情になった。とはいえ、やっと絞り出したようなか細い声だ。

「ど、どうして、ここに」

声を出すのも苦しそうだ。

「迎えに来たんだよ」

泣きそうになるのを堪えながら言った。

「そんなこと」

「兄ちゃんも、一緒だよ」

「ほ、ほんとうかい」

ここで宇助が、顔を近づけた。

「もう、案ずることはねえ。ここから出してやる」

「兄ちゃん」

おはるの顔が歪んだ。目に、みるみる涙が溢れた。事態を理解したらしかった。

「行くぞ」

抑えてはいるが、宇助の声は鋭かった。ここからが勝負だ。

「おう」

子分の無宿者も小屋の中に入ってきた。四人で、それぞれ戸板の端を摑んで持ち上げた。

驚くほど、軽い体だった。

小屋から出た。するとそこで、誰かが声を上げた。そう遠くないところだ。

「盗人だよ」

と言っていた。女の声で、おはるを運び出そうとしているとは思ってもいない様子だ。

「何だ」

男衆の声がした。

「あそこだよ」

女は指をさした。

このときには広助たちは、裏木戸から外へ出ようとしていた。提灯の明かりは消している。

男衆たちは庭に出てきたが、そこで新たな声が上がった。

「盗人は、こっちだ」

離れたところで複数の男の声が上がった。乱れた足音が響いている。

「な、何だ」

男衆たちは、その声がした方に顔を向けた。声を上げたのは、宇助の配下の無宿者たちだ。二手に分かれて、攪乱(かくらん)しようという手だ。迷っているうちに逃げ出す。

戸板を手にした広助たちは、闇の路地に出た。庭や建物の中は、慌てた足音と声が響いている。

広助らは、それにはかまわず闇の道を走って、どぶ店から離れた。

「行くところはあるか」

宇助に問われた。

「それは」

気持ちばかりが先走って、そこまでは考えていなかった。思いついたのは、今身を寄せている高岡藩の上屋敷だった。

「下谷広小路へ。おれが世話になっているお屋敷だ」

広助は言った。

「入れてくれるのか」

「頼むしかねえ」

「よし。向かおう」

つけてくる者の気配はなかった。それでも背後のことは、気になった。

ともあれ、下谷広小路の藩邸の裏門に辿り着いた。屋敷内に入れれば、もう花嵜の楼主であっても何もできない。

「おれは、どぶ店の様子を窺う。おまえは頼み込め」

宇助と子分たちは、闇の中へ駆け出していった。青白い月明かりが、戸板の上で苦し気に顔を歪めたおはるの顔を照らしていた。

胸がきりきりと痛んだ。何かで締め付けられるようだった。

広助は裏門の潜り戸を、必死になって叩いた。

第五章　月々の返済

一

正紀の御座所へ、聞き込みを済ませた源之助と植村が顔を見せた。そろそろ暮れ六つの鐘が鳴ろうかという頃だ。

佐名木と井尻も同席をしていた。定小屋(じょうごや)の前で別れた後の、二人が見聞きしたことを報告させた。

「些細(ささい)なことでも、すべてを伝えよ」

と正紀は念を押した。

まず植村から話を聞き、続けて源之助の言葉に耳を傾(かたむ)けた。植村と源之助も、それぞれの報告を初めて聞く。

　二人の話が済んだところで、まず井尻が植村に問いかけた。

「染川が口にした、多少の実入りについては、はっきりしたことは分からなかったのだな」

「はい。おそらく跡部、もしくは石渡、あるいは岩槻屋あたりから得ているのではないかと考えておりまする」

「決めつけるわけにはゆくまい」

　井尻は念入りだ。

「まあ、そうですが」

　植村は渋々応じた。二人が伝えてきた内容だけでは、決定的なことは分からない。

「するとその方は、豊原よりも染川の方が怪しいと考えるわけだな」

　これは佐名木の問いかけだ。

「それがしも、染川が怪しいと存じます。持高勤めで役扶持二人扶持の同心が、たまにとはいえ外で飲めるのは、禄の他に実入りがあるからに他なりませぬ」

　源之助が続けた。

「確かに、豊原の方が堅実に暮らしていると存じます」

　これは井尻だ。

「では、脇差はどう考えるのだ」

正紀が告げた。

「祝いの品でございましょう。それだけで、疑うほどの品とは思えませぬが」

源之助が返した。

「神田上水の普請の折は、受け取っておりませぬゆえ」

と続けた。植村が頷いている。ただ佐名木は、得心がいかぬような顔をしている。

「何が、問題なのでしょうか」

「豊原は、札差から金を借りていた」

源之助の問いかけに、佐名木が応じた。

「それは月々返済しているとか」

「おかしいのは、そこだ」

正紀が告げた。佐名木と同じ疑問を感じていたのだと分かった。源之助は、何を言い出すのかという顔をした。

「よいか、直参の切米（給与）の支給は二月、五月、十月の年に三度だけだ」

「ああ。それ以外の月は、どこから実入りがあるのかという話でございますね」

植村が返した。正紀の言葉で、問題を理解したようだ。

「なるほど。その金子は、どこから入るかとなりますね」

源之助も、納得がいったようだ。

「脇差の件も腑に落ちます」

と付け足した。

「明日にも、染川の他の実入りについて、洗ってみるがよい」

井尻が言った。

染川の実入りがどこからくるものなのか、その見当がついたところで、次はどう動くか。それについて話をしているところで、裏門の番人から知らせがあった。

広助が、戸板に乗せた病人を伴ってやって来たというのだった。

「何事だ」

「御長屋に、置いてほしいと願い出ているとのことです」

居合わせた一同は、顔を見合わせた。

「広助は、姉を奪い返して来たのでしょうか」

源之助が言った。病人が何者かは、聞かなくても分かった。広助の兄や姉については、正紀も源之助から報告を受けている。

「裏門前には、他は誰もおらぬのか」

と質したのは佐名木だ。戸板に乗せて運んできたのならば、広助だけということはあり得ない。また女郎屋花嵜で、そう簡単におはるを手放すとは思えないから、悶着があるかもしれなかった。

人情として助けたい気持ちはあるが、藩としては関わってはならない案件だった。源之助も植村も、それが分かっているから、息を呑んだきり声を出せない。

「いません。運んだ者たちは、引き上げた模様です」

それを聞いて、正紀は腹を決めた。

「源之助は、広助から事情を聞け。他の者は、屋敷の周辺に人の気配がないかを検めろ」

「はっ」

頭を下げた源之助と植村が、御座所から出て行った。少しして、周囲に人気はないという知らせが入った。

「ならば、あやつの長屋へ入れろ」

正紀は命じた。屋敷に詰めている藩医の辻村に診立てをさせるようにも告げた。

「殿も、物好きな」

井尻は言ったが、止めたわけではなかった。

そしてしばらくして源之助が、正紀の御座所へ戻ってきた。

「あやつの兄が見つかり、力を合わせて女郎屋からおはるを連れ出したそうにございます」

屋敷に運ばれるまでの詳細を聞いた。

「放っておけば、じきに亡くなると考えたからだな」

「さようで」

源之助は、青ざめた顔で答えた。たった今、戸板で運ばれたおはるの様子を目にしてきたばかりである。

門前払いをされても、苦情は言えない。広助は藁にも縋るつもりで、屋敷へ運んできたのだと察せられた。

「宇助は荒んだ暮らしをしているようだが、大胆なことをいたしたな」

瀕死の者だとしても、証文のある女郎を勝手に運び出したのである。広助と出会って、その日のうちに動いた。妹の病状が差し迫ったものだと感じたからに他ならないが、素早い動きといってよかった。

「それなりの思いがあったのは、間違いないでしょう」

佐名木が応じた。手当てを済ませた辻村が、正紀のもとへやって来た。

「ほっとした様子で寝ていますが、労咳もあそこまでいっては、快癒の見込みはありません」

苦々しい顔だった。おはるは、もう何か月も前から病んでいたのだろうと言い足した。

「どれくらいもつのか」

「長くて数日かと」

「ならば屋敷内で、広助に看取らせてやろう」

正紀は言った。

清三郎の容態は、ほんのわずかだが快方に向かっていた。しかし京は、気持ちを緩めてはいない。

正紀は、広助がおはるを運んできた顚末を伝えた。

「辛いこれまででした。最期に、兄や弟に救われたのは、せめてものことです」

「うむ。そうだな」

「穏やかな最期の数日を、過ごさせてあげましょう」

京は言った。

二

翌未明、広助は小鳥の囀りが聞こえて、はっと目を覚ました。外はまだ暗い。魚油の明かりが揺れていた。

おはるの枕元に座って、一夜を過ごしたのである。

夜具や寝間着は、喜世が用意をしてくれた。部屋には火鉢が置かれていて、赤く熾きた炭が埋けられていた。

奥方様の指図だと、運んできた植村が言った。

「そこまでしてもらえて」

広助は、母屋に向かって、両手をついて頭を下げた。花嵜とここでは、扱いが天と地ほども違う。

寝ないつもりだったが、広助はつい眠ってしまった。

「ああ姉ちゃん」

おはるが自分を見ているのに気がついた。

「ここは、どこ」

掠れた声で問いかけてきた。目が窪んで窶れた顔はどうしようもないが、向けてくる目には安らぎと微かな不安があるのを感じた。

宇助と広助に、花嵜の物置小屋から運び出されたことは分かっている。しかし鬼のような楼主のもとへ、再び連れ戻されてしまうのではないかという怯えが、あるのかもしれないと思った。

「お大名様のお屋敷の中さ。だからもう、花嵜のやつらはここへは来られねえ。案ずることはねえんだよ」

それでも腑に落ちない様子だったから、顔を近づけて、掻巻の上から肩のあたりを撫でてやった。

「姉ちゃんは、おれが高い熱で寝ていたとき、よくこうしてくれたっけ」

水吞百姓だった両親は、広助が熱で寝ていても、働きに出て行った。傍にいてくれたのは、おはるだった。土手で尖った石を踏んで足の爪を剝がしたときも、水で洗って布を巻いてくれた。

「痛いね、痛いね」

と言って、その足を両手で撫でてくれた。

「今度は、おれの番だ」

と思っている。せめてそれが、今できてよかった。

「兄ちゃんは」

「ここまで運んできた後で、様子を見に行った」

「だ、大丈夫」

宇助が、楼主の伝次郎から何かされると思ったのだろうか。

「ああ。兄ちゃんには、たくさんの子分がいるんだ」

簡単にどうにかされるとは、広助には思えなかった。

「ようやく、三人で会えた」

込み上げる気持ちを、言葉にした。この日が来ることを、どれほど待ち望んでいただろう。

「そうだね。嬉しいねえ」

目の端から、涙が流れた。

「生きてくれよ」

撫でていた手で、姉の薄い肩を摑んだ。今にも消えてしまいそうな、温(ぬく)もりがあった。

喜世が、様子を見に来てくれた。

「重湯を拵えましたよ」

「ありがてえ」

広助は、姉の背中に手を当てて少しだけ上半身を起こさせた。

「お腹は空かないけど」

「駄目だ。そんなことを言っていたら。力をつけるんだ」

重湯を匙ですくって、おはるの口に運んだ。

源之助は、植村と共に高岡藩上屋敷を出た。御普請方同心の組屋敷へ向かったのである。屋敷とはいえないような粗末な建物が並んでいた。

同心の屋敷の規模は皆同じだが、手入れの様子はそれぞれだ。

「暮らしようで、ずいぶん違いますね」

植村が口にした。

近所の者に訊いて、染川平左の屋敷を確かめた。

「古い建物ですね」

「しかし修繕はしているようです」

源之助の言葉に、植村が応じた。外側から見ただけでは、何の変哲もない。裏手に回って垣根の隙間から中を覗いた。障子が閉まっていて、中の様子は窺えない。

野菜を植えていたが、これはこの辺の屋敷ではどこも同じだった。

「はて、池のようなものがありますな」

「なるほど。金魚でも育てているのでしょうか」

池には、簡易な屋根がつけられている。注意して他の屋敷を見ると、同じように、屋根のつけられた池があるのに気がついた。

隣の屋敷から、赤子を背負った若い新造が道へ出てきた。

「ちとお尋ねいたしたい」

源之助が、頭を下げてから声をかけた。

「このあたりのお屋敷では、どこも池がござるが」

「ああ、それは」

若い新造は、笑顔を見せた。

「どこも、金魚を育てています」

「実入りになるのですな」

金魚を育て、売ることで実入りを得ている者がいるのは知っていた。新種や珍種が育てられれば、高く売れるという話も耳にしたことがあった。

「上手に育てられれば」

どうやら、道楽で金魚を飼っているのではなさそうだ。

「染川殿はいかがでござろう」

「お上手に育てられるようですが」

工夫をして、新種にも手を出すとか。

「では、それなりの実入りがあるのでしょうな」

「ええ。羨ましいくらいです」

新造が答えた。染川は、それで酒代を稼いでいるのだと推察できた。

となると金子は、跡部や岩槻屋から得ているのではないことになる。源之助と植村はすぐに高岡藩上屋敷に戻って、耳にしたことを正紀に伝えた。

三

「よし。ならば豊原安兵衛に当たろう」

源之助らから報告を受けた正紀は、高岡藩の御忍び駕籠を用意して、源之助と植村を伴って、道三堀の御普請方の定小屋の近くまで行った。

豊原はこの日は出仕をしていて、退出の刻限は同役の添田から聞き出した。夕暮れどきだ。

待っていると、豊原は一人で外へ出てきた。堀から、冷たい風が吹き抜けてくる。

「ちと、ご足労をいただきたい」

源之助が声をかけた。挨拶はない。

「どういう用件か」

豊原にしたら、源之助も植村も初対面のはずだった。いきなり付き合えというのは、無礼な話だ。不快そうな顔になった。

ちらと、巨漢の植村に目をやった。

「普請の入札に関して、不正がござった」

「何だと」

源之助の言葉に、豊原の顔が強張（こわば）った。身に覚えがあるのだと、正紀は察した。

「話を伺いたいゆえ、ご同道（どうどう）願いたい」

「そのようなことは知らぬ。話すこともない」

すり抜けて行こうとする腕を、植村の太い腕が摑んだ。

「貴公も関わっている」

「証拠があるのか」

睨みつけている。

「ござる」

迷いのない口調だ。

「ふん、世迷言を。勝手にするがよい」

「ならば目付に届けてよろしいのか。貴公も一味ということで」

「ううっ」

豊原は、怯えた顔になった。これで腹が決まった。正紀が頷くと、植村が豊原の下腹に当て身を入れた。

崩れた体を抱いて、用意していた御忍び駕籠に押し込んだ。見ている者はいない。

そのまま高岡藩上屋敷へ運び込んだ。

駕籠は空いている御長屋の前まで行って停まった。部屋に入れて、植村が活を入れて意識を戻させた。

「こ、ここは」

気づくとすぐに、慌てた様子で室内を見回した。

「すべてを包み隠さず話し、力をお貸しいただけるというのならば、ここがどこかお知らせいたす」

拉致はしてきたが、当て身以外は乱暴な扱いはしていなかった。ここで源之助が、問いかけを始める。

傍には植村がいて、襖を開けた隣室には正紀が入った。

「無礼であろう。このようなことをして」

責めてきたが、源之助はそれについては相手にしない。

「過日の神田上水の普請の入札の前夜、また先日の洲崎の護岸普請の入札の前夜、貴公は定小屋での泊まり番であった。それは間違いなかろう」

「いや、覚えてはおらぬ」

「当夜の日誌に、染川殿と泊まり番をしたことが記されている。ごまかすことはできぬ」

「…………」

「夜は交代で、仮眠をとることができた」

「それがどうした」

居直ったような口ぶりだ。

「その染川殿が寝ている間に、跡部家の用人石渡左之助が顔を見せた。貴公は記録に残さず、石渡を定小屋内に入れた」

「まさか。何のために、そのようなことを」

「入札のための文書を、書き換えるためだ。玉洲屋の入札額を検めた石渡は、岩槻屋の分を、それよりも低い額に書き換えたのだ」

「知らぬ。もし顔を見せたのならば日誌に書き残す。記されていないならば、来なかったということだ」

「いや、貴公はわざと書き残さなかった。それが貴公が犯した罪だ」

「勝手なことを。証拠があるのか」

「貴公は、跡部から跡取りの袴着の折に脇差を贈られた。見事なものだそうではないか」

あえて、見事という言い方をした。本人は、貰って嬉しかったはずだからだ。

「それは祝いの品だ」

「さらに月々、札差に返済できる金子を得ている」

石渡か岩槻屋からか、それは摑んでいなかったが、このまま押してゆく。すべて分かっているのだぞといった言い方だ。

「金品など、受けてはおらぬ」

「脇差の件は、染川殿が話している。また金子を受けていないというならば、札差への月々の返済の金子はどこから得たのか」

返済については、出入りをしている札差大松屋で確かめたことを伝えた。

「ううっ」

「出るところへ出れば、その金子の出どころについて、話さねばならぬ。話せぬであろう」

豊原は、言葉を返すことができなかった。

ここで隣室の正紀が、豊原に問いかけた。

「その方は、現れた石渡が何をしていたか存じていたか」

責める言い方にはしていなかった。

「いや、分からなかった」

咄嗟に、豊原は首を横に振った。それで石渡が姿を見せたことを、認めたことになった。

「しかし尋常なことでないのは、気づいたであろう。脇差や金子を得たわけだからな。わけもなくそのようなものが、与えられるはずがない」

「…………」

「しかし不正と気づいていても、上役から命じられれば、断ることはできなかったのではないか」

　ここでは、同情するような言い方にした。不本意ながら、手伝った形にしたのである。認めれば、共犯になると怖れているだろう。

　そうなれば、腹を切るだけでは済まない。

　しかし断ることのできない相手から命じられた形にすれば、罪は減じられる。しかもそれだけではない。

「その方。不正を明らかにするために、尽力をしたということになればどうか。情状酌量の余地が出てくるのではないか」

「えっ」

　驚きの顔になった。まじまじと正紀を見つめた。

「我らと共に、目付へ訴え出るのだ。二度にわたって、僅差の入札となった。その前夜には、石渡が定小屋へ入ったというその方の証言があれば、目付は動く」

　しかも岩槻屋は、跡部や石渡にたびたび饗応をしている事実があることも伝えた。

「その方には、間もなく袴着を迎える男児がある。それを路頭に迷わせてはなるまい」

「もし不承知ならば、我らは我らで目付に事実を伝える」

源之助が言い足した。これで豊原は、がくりと肩を落とした。

「やれと告げられて、断ることはできませなんだ」

夜半、石渡が現れた状況について、豊原の口上書きを取って署名をさせた。明日は非番だというので、今日中に訴えの文書を拵え、明日にも目付の屋敷へ向かうことにした。

四

翌朝、源之助は植村と共に、深川石島町の岩槻屋へ足を向けた。曇天で、今にも雨が降ってきそうな天気だった。

夜のうちにできた霜を踏んで歩くから、歩くたびにさくさくと小さな音がした。

店の前には、何人かの石運びの人足がたむろしていた。半纏姿だと、いかにも寒そうだ。

建物の中を覗くと、澤五郎や吉兵衛の姿が窺えた。さらに用心棒磯嶋の顔も見えた。

源之助は、道に出てきた手代に近づいた。

「普請奉行配下の豊原安兵衛殿が、神田上水と洲崎の護岸に関する岩槻屋がなした普請の入札について、不正ありとして目付に訴えをすると聞いた」

「えっ」

手代は、意味が分からない様子だった。不正は、主人と番頭だけの企（たくら）みとしてなしたということか。

源之助は、かまわず続けた。

「昼八つ（午後二時）には、小石川白山御殿跡の屋敷を出るそうだ」

「ど、どういうことで」

手代は慌てている。大事なことだとは、感じているようだ。こちらにしてみれば、それでよかった。

「今伝えたことを、澤五郎と吉兵衛に話すがよい。それで通じるはずだ」

返事も聞かず、源之助はその場から離れた。そして物陰から、岩槻屋を見張った。

「やつら、慌てますぞ」

植村が、愉快そうに言った。そしてしばらくして、吉兵衛と磯嶋が店から出てきた。足早に歩いて行く。

源之助と植村は、その後をつけた。二人が行った場所は、予想通り道三橋袂の御普請方の定小屋だった。

源之助は、この度のことでは力になってもらっている添田を密かに呼び出した。

「お安い御用でござる。岩槻屋の吉兵衛と供が、誰と会っているか突き止めましょう」

と添田は応じた。

そしてしばらくして、添田が戻ってきた。

「二人が会っているのは、御奉行と用人でござる。奥の御奉行の部屋で話し込んでおるようだ」

「かたじけない」

何を話しているかは聞けなかったが、店の手代が聞いた件を伝えたのは間違いなかった。

「話を聞いた跡部は、豊原を襲わせるでしょうか」

「屋敷を襲うことはないでしょう。近所の目がありますからな」

源之助の言葉に、植村が返した。吉兵衛と磯嶋は、四半刻もいないで引き上げた。

そしてさして間を空けず、石渡も定小屋を出た。

昼八つの鐘が鳴った。冷たい湿った風が、吹き抜けてゆく。

豊原は、小石川の屋敷を出た。すでに屋敷へ来ていた源之助が、同道していた。正紀と植村が、歩いて行く豊原と源之助をつけた。

杉尾と橋本は、歩いて行く道筋は分かっているので、二人の前を歩いて行く。山野辺にも、詳細を伝えた上で、助勢を頼んだ。

「岩槻屋が絡んでいるわけだからな。捕らえる側に、町方が入っている方がよかろう」

山野辺は自分の仕事を置いて、正紀に力を貸すと言った。

襲ってきた者は、生け捕りにしたい。そのためには、腕の立つ者が増えるのはありがたかった。

目付屋敷には、睦群の方から訴えが出ることを伝えてもらっていた。

それまでもっていた空だが、今になってぽつりぽつりと雨が落ちてきた。

六人は、蓑笠（みのかさ）を着けていた。小雨とはいえ降り始めると、小石川の武家地の道には、まったくといってよいほど人通りがなくなった。

道は薄暗くなっている。

「必ず襲ってくるはずだ」

と路地や物陰には、注意深く目をやった。しばらくは何事も起こらない。とはいえ油断はしていなかった。

「豊原の命を狙ってくるだろう」

正紀たちはそう見ている。

「えいほ、えいほ」

一丁の辻駕籠(つじかご)が、向こうから近づいてきた。駕籠舁(か)きたちは、すっかり濡れている。そのまま、一団はすれ違おうとした。けれどもそのとき、駕籠が置かれて垂れが内側から捲(まく)られた。駕籠舁きたちは、すぐに逃げている。

すでに刀を抜いた覆面の侍が中から現れて、豊原に襲いかかった。

「ああっ」

源之助が声を上げた。このときにはすでに、駕籠の侍は豊原とは至近の距離に来てしまっていた。

豊原は跳びのいて、一撃を避けた。そして刀を抜いた。間一髪で、豊原の脇腹を刺されるところだった。

源之助も刀を抜いた。駕籠から襲った侍は、浪人者ふうの身なりだった。顔に布を巻いていても、磯嶋だと察した。

そのとき、物陰から十人ほどの侍が姿を現した。浪人者だけでなく、主持ちとおぼしい身なりの者もいた。この者たちもすでに抜刀している。待ち伏せていたらしく、体や髪は濡れていた。

正紀と植村、杉尾や橋本も刀を抜いて駆けつけた。山野辺も後れは取らない。雨の中で、入り乱れての戦いになった。

源之助は豊原を守る形で、刀身を敵に向けていた。八双に構えた浪人者の姿は、なかなかの遣い手に見えた。

正紀の前に現れたのは、顔に布を巻いた主持ちの侍だった。正眼に構えている。堂々としていて、これも一筋縄ではいかない相手だと思われた。正紀は姿を目にしたことはないが、おそらく石渡だろうと予想がついた。

相手は無言のまま、雨を割って刀身を振り下ろしてきた。力強い踏み込みだった。動きに無駄がない。

正紀も前に出て、落ちてきた刀身を撥ね上げた。そのまま肘を狙う動きに転じたが、これは避けられた。

斜め前に身をやりながら、逆にこちらの肩を襲ってきた。刀身は、すぐそこまできている。

横に払おうとすると、そのまま押してきた。刀身と刀身が擦れ合った。肩と肩もぶつかった。がっしりとした体だった。

互いに押し合ったが、膂力では正紀も負けてはいない。相手はすぐに斜め後ろへ跳んで体を離した。互角では、手間取ると考えたのだろう。

ただその動きには、やや無理があった。

体に捩じれが生じていた。正紀は切っ先の角度を変えて、腹に突き込もうとしたが、足が滑った。道が濡れている。

切っ先は乱れて、敵の体は離れた。

とはいえ相手は、手を休めたわけではなかった。次の瞬間には、切っ先をこちらの喉元めがけて突き込んできていた。

いつの間に体勢を整えたのかと思うほど、動きが速かった。

まともに受けては押し込まれる。正紀は身を横に飛ばして、迫ってきた刀身を払った。

寸刻動きが遅ければ、切っ先が喉に突き刺さっていた。

目の前に、伸ばされた相手の腕がある。その二の腕を目指して、正紀は突いた。

すると相手は、体の向きを変えて、そのままこちらの小手を打ってきた。正紀の突きを避けないかに見えた。けれどもそれは違った。瞬時に斜め前に出て、こちらの動きを外していた。切っ先を正紀の小手めがけて突き出していた。

攻めを続けることで、防御にしている。

そして迫ってくる切っ先は、小さい動きだが、それだけに速くて的確だった。正紀は前に出ながら、その刀身を撥ね上げた。相手の右足も前に出ていた。その足を払うと共に、もう一度二の腕を目指して刀身を突き出した。

足を払ったことで、相手はわずかに体の均衡（きんこう）を崩していた。こちらの突きは躱（かわ）したが、踏みしめた足に無理な力がかかったらしい。足を泥濘（ぬかるみ）に滑らせた。

「やっ」

ここで正紀は、一撃を振るった。刀は峰にしていたが、相手の肩先に当たった。鈍い音がして、骨が砕けたのが分かった。

「ううっ」

相手は呻き声を上げながら、泥濘（ぬかるみ）の中に倒れ込んだ。命に別状はないが、もう立ち上がることができない。

それを確かめた正紀は、すぐに周囲を見回した。

源之助と豊原が相手にしていた浪人者は、土塀に追いつめられていた。なかなかの腕前だと見ていたが、二人が相手ではさすがに太刀打ちできぬようだ。

「とうっ」

気合のこもった源之助の一撃が、浪人者の二の腕を斬り裂いていた。

山野辺と杉尾、それに橋本は、他の浪人者たちの相手をしていた。磯嶋以外の浪人者たちは烏合の衆だった。斬り捨てた者もいたが、逃げ去った者もいた。

泥濘に倒れて呻いている者には、山野辺が縄をかけた。

正紀が倒した相手の顔の布を剝ぎ取り、源之助が検めたところ、予想した通り石渡であった。

植村は、蓑笠を着けた町人を引き連れてきた。

「こやつが、潜んでおりました」

物陰に潜んでいたので近寄ったら、逃げ出したそうな。追って肩を摑んだ。植村の怪力に捉えられたら、もう逃れることはできない。

被っていた笠を剝ぎ取ると、吉兵衛だった。

「こやつ、様子を見に来ていたと思われます」

「身柄を押さえられたのは何よりだ。それだけで、岩槻屋に関わりがあったことを証明できるからな」

正紀は言った。

捕縛した者らを引き連れて、目付の屋敷へ向かった。

雨はまだ止まない。杉尾と橋本には、かねて伝えていた証人になる者を呼びに行かせた。

ぬかるむ道を歩いて、目付の屋敷に着いた。事前に睦群から話を通していたので、取り調べの者たちが待ち受けていた。

正紀が、襲撃があって賊を捕らえてきたことを伝えた。すぐに取り調べが始まった。

五

取り調べの場には、正紀も同席できることになった。これも睦群からの、すなわち宗睦の指図があったからに他ならない。

源之助と植村は、不正の探索をおこなった証人として、豊原安兵衛と並んだ。

まず豊原安兵衛が、訴えの書状を取り調べ役に出した。その上で、入札前夜の動きについて説明をした。

両夜の泊まり番は他の者だったが、跡部本人から代わるように命じられたこと、また脇差を頂戴したことを話した。その脇差も持参していた。

「手伝いの代償として受け取ったのであろうか」

「そうではなく、倅（せがれ）の袴着の祝いとして頂戴いたしました」

しかしそれにしては高価な品だったから、夜やって来た石渡が何か細工をするのだろうという見当はついたと付け足した。

「ただ相手が御奉行だったゆえ、断ることはできませなんだ」

「金子も、毎月受け取ったのであろう」

「石渡殿から受け取り申した。しかしこれは、不正なことの代償ゆえ、このまま受け取ってはならぬと考え、この場に訴えをいたすことに決め申した」

もちろん、高岡藩の正紀や源之助から事情を聞いたことにも触れた。

次に源之助が、岩槻屋の入札について不審を持ったことから調べを始め、跡部と石渡が饗応を得ていたことなどが分かった顚末（てんまつ）を伝えた。取り調べ役は、頷きながら聞いた。

杉尾と橋本は、深川蛤町の料理屋美はまの番頭と料理を運んだ仲居を証人として連れてきた。また他の高岡藩士が、呉服町新道の小料理屋梅乃屋のおかみを連れてきていた。これにも証言をさせた。

訴えに関する聞き取りを済ませたところで、捕らえた者への問い質しを始めた。まずは用心棒の磯嶋だ。

「拙者は、銭で雇われた者だ。普請の不正のことなど知らぬ」

まずはそう告げた。

「しかし今朝方、吉兵衛と御普請方の定小屋へ参ったであろう。訴えがあることを知って、どうするか話したのではないのか」

「いかにもだが、拙者は傍にいただけだ」

「部屋にいたのは、奉行の跡部弾正と用人の石渡左之助、それに岩槻屋の番頭吉兵衛に相違ないな」

これは、御普請方の添田からも証言を得ていた。

「いかにも」

「話の内容は、午後の襲撃についてであろう」

「訴えられてはまずいという話だった。他の者ならば知らぬで済ませられるが、豊原に行かれるのはまずいと考えていたようだ」

「金子や脇差を与えていたからだな」

「そうだ」

次に吉兵衛への尋問をおこなった。

「私どもの店では、入札に不正などいたしておりません」

予想通り初めはそう答えたが、磯嶋の証言があった。それでも白を切ろうとした。

「饗応は、何かの意図があってのものではありませんでした」

そこで正紀が口を挟んだ。

「ではなぜ今日、襲撃の場へ行ったのか。豊原殿に、訴えをさせぬためではなかったのか」

浪人者まで雇い、殺そうとしていたことは明白だ。捕らえた浪人者は、吉兵衛に雇われたことを白状していた。

「ううっ」

吉兵衛は無念の顔で、訴えをさせないために襲撃させたことを認めた。

それから取り調べ役は、石渡に尋問した。

石渡も、初めは否認したが、証拠の数々を告げられると、否定をし切れなかった。

豊原の証言は大きかった。

跡部から預かっていた鍵で箱を開け、他の店のものを検めた上でわずかに低い金額を書き入れたと白状した。岩槻屋の文書は、金子の欄を空白にしていた。そのためには、費えがなくてはならなかった。

「我が殿には、もっとご出世をしていただきたかった」

と不正の動機を説明した。殿様が出世をすれば、己も禄が上がっていく。

このときには、岩槻屋主人澤五郎や跡部弾正も、目付の屋敷へ召喚されて来ていた。

澤五郎はこれまでの調べの結果を聞いて、しらばくれるような発言はしなかった。証拠が揃い証言もあっては、否認のしようがなかった。

覚悟を決めたらしい。

「店を大きくしたいと考えました。そのためには、ご公儀の御用を受け続けなくてはなりません」

最後は跡部だった。これもじたばたはしなかった。ここまで証言が出てしまうと、覆すことはできないと踏んだのだろう。

これで神田上水と洲崎の普請の入札に関する不正が、すべて明らかになった。洲崎の護岸の普請は、二番手だった玉洲屋が請け負うことになった。

跡部と石渡は切腹、跡部家は断絶となるだろう。

正紀は山野辺と話した。

「澤五郎と吉兵衛は斬首であろう。岩槻屋は闕所(けっしょ)となるに違いない。用心棒の礒嶋は、遠島(えんとう)あたりか」

山野辺が言った。この三人には町奉行所が沙汰(さた)を下す。

豊原は跡部に手を貸したが、断れない一面もあった。不正の解決と捕縛に力を貸したことは明らかなので、切腹などは免(まぬが)れる。

「五十日程度の閉門(へいもん)になるのではないか」

と話した。

その夜正紀のもとへ、玉洲屋八十兵衛と番頭弥之吉が訪ねてきた。

「お約束の品でございます」

八十兵衛は神妙な面持ちで、切餅(きりもち)四つ（百両）を正紀に差し出した。

「まっとうな商いに、励みたいと存じます」

「うむ。岩槻屋は入札額を低くしたことで、利が薄くなる。さらにその他にも、跡部からの要求があるであろうからな」

正紀は思いついたことを口にした。跡部は猟官のための金子が要る。さらなる栄達を望むならば、その額は増えるだろう。

「その通りでございます」

「岩槻屋は低い額で請け負っておいて、明らかな手抜き普請をするつもりだったという話だな」

「はい。利を上げるために石の質を落としたり数を減らしたり、また基(もと)になる地固めをおろそかにするなど、質の低い普請をするつもりだったのでしょう」

「なるほど。それならば、岩槻屋も儲かるな」

「神田上水の普請を見る限りでは、おそらくそうではないかと」

素人では分からないが、八十兵衛や弥之吉あたりの目で見れば、分かるのかもしれなかった。

八十兵衛が口にした「まっとうな商い」という意味を、正紀は理解した。

玉洲屋の二人は、それで引き上げていった。

居合わせた井尻は、百両に目を細めた。この二人と入れ違いに、藩医の辻村が正紀に面会を求めてきた。

六

これよりも少し前、広助は大川東河岸の小梅村へ足を向けていた。竹屋（たけや）の渡し船を使って船着場に降りると、宇助らが暮らす小屋へ駆けつけた。

「そなたの姉は、今宵は越せぬだろう」

辻村に言われた。覚悟はしていたが、改めて告げられると胸が騒いだ。じっとしてはいられなかった。

「兄ちゃんは、どこにいるの」

目を覚ましたおはるが、問いかけてきた。会いたいのだろう。花嵜から連れ出して高岡藩上屋敷の裏門前まで運んだ。それきりになっている。

どうなったかどうしているか、広助も気になっていた。

「おお、おはるに何かあったか」

宇助は小屋にいて、広助の顔を見るとすぐにそう言った。屋敷まで様子を見に行きたかったが、昨日は稼ぎがあったと付け足した。集まってきた無宿者たちを、食わせなくてはならない。

広助は辻村に告げられたことを、そのまま伝えた。

「会いに来てくれるだろ」

「あたりめえだ」

深刻な面持ちになって答えた。二人で、すぐに小屋を出た。

歩きながら、広助は屋敷の御長屋での様子を伝えた。藩医が診察をしてくれることや、喜世という藩士の妻女が薬湯を煎じ、重湯を拵えるなどの世話をしてくれていることも伝えた。

「お大名が、そんなことをしてくれるのか」

聞いた宇助は、驚きの表情で言った。家臣の源之助と出会った顛末は話したが、こちらが大名家のために、何かをしたわけではなかった。

「殿様が、指図してくれたんだ」

「そうか」

それから広助は、その後の花嵜のことを訊いた。

「あいつら、攫ったおれたちを、目の色を変えて捜していたぜ」

「でも、辿り着けなかったんだね」

「そういうことだ。おはるをあんな体にしても、まだおれたちから金子を奪おうという腹だ」

吐き捨てるように言った。

「いい気味だ」

広助が応じた。たとえ捜し出せても、大名屋敷ではどうにもならない。

「無礼者」

これで終わりだ。おはるの命を思うと、到底鬱憤（うっぷん）が晴れるものではなかったが、せめてものことだと考えた。

裏門の門番には、源之助から宇助については中に入れてよいと話をしてもらっていた。

兄弟が御長屋の部屋に入ったとき、おはるは眠っていた。京の心遣いで、今日も部屋には赤々と熾（お）きた炭の埋（い）けられた火鉢が添えられていた。

宇助と広助が、両方の枕元に座った。気配を察したのか、おはるは薄く目を開けた。

「兄ちゃん」

宇助に気がつくと、おはるは掠れた声を漏らした。掻巻（かいまき）から出した手を、宇助は握った。

「ああ。おめえのことは、案じていたぜ」

耳元で宇助が囁く。おはるの目から一筋の涙がこぼれた。

「あ、あたいは、幸せ者だ。こうやって兄ちゃんと、広助に看取られて、死ねるんだから」

「何を言いやがる。馬鹿野郎」

叱った宇助の声も掠れていた。おはるの口元に、微かな笑みが浮かんだ。目を閉じると、再び眠りに落ちた。

もう、目を覚ますことはなかった。

正紀が京の部屋へ行くと、清三郎が乳を飲んでいた。乳母もいたが、具合が悪くなってからは、もっぱら京が乳をやっていた。

「今日は、吐くことがありませんでした」

京は今朝よりも、明るい口調になって言った。一時はどうなることかと慌てたが、回復してきているのは明らかだと思われた。

正紀は跡部と岩槻屋の不正の件で、襲われたことや目付の屋敷で交わされた内容を京に伝えた。玉洲屋が訪ねてきたことにも触れた。

「百両が、手に入ったわけですね」

「そうだ。しかしまだ、百両が残っている」

手放しで喜べる状況ではなかった。

「もう月も半ばとなりました。これからの方が、たいへんでございます」

「まことに」

京が眉をひそめながら訊く。

「銚子の正森さまから、何か便りはあったのでしょうか」

正森にも、援助を求める文を出していた。

「まだだ」

返事があっても、望む答えがあるとは限らない。できることを探して、取り組んでいかなくてはならなかった。

翌日は、月次御礼(つきなみおんれい)で正紀は登城となる。その朝、源之助が正紀のもとへやって来て告げた。

「おはるが、未明に息を引き取りましてございます」

「そうか」

そうなるだろうとは、辻村から知らされていた。

「よし。出かける前に、線香をあげてやろう」

正紀は御長屋に足を向けた。遺体の前に、花と線香が供えられていた。正紀は遺体の前に座ると、両手を合わせた。

「もったいねえことで」

宇助と広助が両手をつき、板の間に額を擦りつけた。

「供養をしてやるがよい」

正紀が告げると、宇助が答えた。

「このご恩は、死ぬまで忘れやせん」

悪党面だが、真摯な気持ちが伝わってきた。

本作品は書き下ろしです。

双葉文庫

ち-01-62

いちまんごく
おれは一万石
ふしん　やみ
普請の闇

2024年7月13日　第1刷発行

【著者】
ち　のたかし
千野隆司

【発行者】
箕浦克史
【発行所】
株式会社双葉社
〒162-8540 東京都新宿区東五軒町3番28号
［電話］03-5261-4818(営業部)　03-5261-4868(編集部)
www.futabasha.co.jp（双葉社の書籍・コミックが買えます）
【印刷所】
大日本印刷株式会社
【製本所】
大日本印刷株式会社
【カバー印刷】
株式会社久栄社
【DTP】
株式会社ビーワークス

【フォーマット・デザイン】
日下潤一

ISBN978-4-575-67205-3 C0193
Printed in Japan